人大代表为人民

渭南人大代表风采微广播剧

作品集

渭南市人大常委会办公室　渭南广播电视台

主　编

人民日报出版社

北京

图书在版编目（CIP）数据

人大代表为人民：渭南人大代表风采微广播剧作品
集/渭南市人大常委会办公室,渭南广播电视台主编
.—北京：人民日报出版社，2022.3
ISBN 978-7-5115-7304-9

Ⅰ.①人… Ⅱ.①渭… ②渭… Ⅲ.①广播剧本－作
品集－中国－当代 Ⅳ.① I235.3

中国版本图书馆 CIP 数据核字（2022）第 044979 号

书　　名：人大代表为人民：渭南人大代表风采微广播剧作品集
　　　　　RENDA DAIBIAO WEIRENMIN: WEINAN RENDA DAIBIAO
　　　　　FENGCAI WEI GUANGBOJU ZUOPINJI
主　　编：渭南市人大常委会办公室　渭南广播电视台

出 版 人：刘华新
责任编辑：林　薇　陈　佳
封面设计：李尘工作室

出版发行：人民日报出版社
社　　址：北京金台西路 2 号
邮政编码：100733
发行热线：(010) 65369509　65369527　65369846　65363528
邮购热线：(010) 65369530　65363527
编辑热线：(010) 65363486
网　　址：www.peopledailypress.com
经　　销：新华书店
印　　刷：三河市嵩川印刷有限公司
法律顾问：北京科宇律师事务所　010-83622312

开　　本：710mm×1000mm　1/16
字　　数：312 千字
印　　张：19.25
版　　次：2022 年 3 月第 1 版　　2022 年 3 月第 1 次印刷

书　　号：ISBN 978-7-5115-7304-9
定　　价：68.00 元

站稳政治立场　履好代表职责

回应社会关切　忠于党和人民

中共渭南市委书记　王琳

序

ORDER

习近平总书记指出："人民代表大会制度之所以具有强大生命力和显著优越性，关键在于它深深植根于人民之中"。人大代表是人民代表大会的主体，是国家权力机关的组成人员，是各级国家机关联系人民群众的桥梁和纽带。人大代表分布在各个地方，工作在各行各业，来自人民群众，肩负人民重托，代表人民依法履行职责，参与行使国家权力。能不能充分发挥人大代表作用，关系到人民当家作主的民主权利能否落实，关系到坚持党的领导、人民当家作主和依法治国三者能否有机统一，也关系到决策的科学化、民主化、法制化能否实现。只有紧紧依靠人大代表，人大及其常委会的职权才能依法正确有效地行使。

渭南市人大常委会高度重视做好代表工作，紧紧依靠代表履行人大职权。从2019年开始，坚持每年组织省市人大代表在全国人大北戴河培训基地、浙江大学、厦门国家会计学院、复旦大学集中培训，着力提升代表的专业素养和履职能力。坚持邀请代表列席常委会会议，不断扩大代表参与执法检查、视察调研、专题询问等各项重点工作的覆盖面。坚持积极为代表在全国人代会、省人代会上提出高质量议案建议搞好服务，近三年来全市人大代表共提出事关渭南改革发展稳定和民生等方面的意见建议633条，深入反映了广大人民的意志愿望。坚持认真办理代表建议，建立完善了常委会领导督办、"一府两院"领导领办重点建议制度，代表建议办理的质量和水平得到显著提升。

多年来，全体市人大代表深入学习贯彻习近平新时代中国特色社会主义思想，以保证和发展人民当家作主为初心使命，坚持为民代言，为民履职，为民服务，为市人大及其常委会发挥国家权力机关职能勤奋工作，并在脱贫攻坚、疫情防控、项目建设等各条战线上发挥模范带头作用。人代会上，各位代表认真履行代表职责，充分行使民主权利，真实反映民心民意；闭会期间，大家密切联系选民，深入基层调查研究，为本地区的改革、发展和稳定献计献策：有的关注群众急难愁盼，不遗余力地帮助群众解决生产生活中的问题困难；有的致富不忘乡亲，热心社会公益事业，带领身边群众艰苦创业，共同奔向小康生活；有的勇于直言，伸张正义，切实维护人民群众的合法权益。大家用实际行动践行了"人民选我当代表，我当代表为人民"的庄严承诺。

在市五届人大及其常委会即将届满之际，我们通过微广播剧的形式，大力宣传代表们珍惜荣誉、履职尽责、发挥作用的先进事迹，生动展现代表们为促进发展、促进民主、促进法治坚定前行的步履。经过讨论研究，从400多名省市人大代表中选出35名，以这些代表的真实事例为内容，精心制作了系列微广播剧《渭南人大代表风采》。这35名代表，有扎根农村发展特色产业，为村民打开致富之门的王新军；有以振兴家乡羊奶民族品牌为己任，奋斗不息，追梦不止的李钢锋；有20年如一日，全身心投入妇产科工作，视患者为亲人的赵继华；还有真情关爱孤寡老人，为养老事业屡提建议的黄秀娟……他们的事迹真实亲切，温暖质朴，感人至深，既有代表性，更有普遍性，是全市各级人大代表不负重托、忠诚履职、服务人民的缩影。系列微广播剧在学习强国、喜马拉雅、渭南综合广播等平台播出后，受到了社会各界的高度关注和人民群众的广泛好评。

随着我们党走过了百年征程，我国也进入了全面建设社会主义现代化国家的新时代。奋进新时代，启航新征程，人大工作面临的任务也将更加艰巨和光荣。渭南市人大常委会将进一步扎实贯彻落实中央人大工作会议精神，在以往工作的基础上，不断拓展代表履职途径，密切与代表和人民群众的联系，更好地发挥代表作用，推动全过程人民民主得到深入落实。希望全市各级人大代表牢记使命，永不懈怠，为保证和发展人民当家作主、奋力谱写新时代渭南追赶超越新篇章做出新的更大的成绩！

渭南市人大常委会主任

2022 年 1 月 10 日

目 录
CONTENTS

王
艳

人物
小传

王 艳

　　王艳，女，1969年3月生，陕西大荔人，渭南市五届人大代表，渭南市临渭区北塘实验小学校长。

　　担任校长以来，王艳提出了"重塑德育范式、深耕课堂教学、优化课程结构、科学民主管理"的教育办学理念，学校教学质量连年稳步提升。她以党建为引领，扎实开展师德师风建设，坚持立德树人的育人导向，充分开发地域教育资源，深入挖掘"乐贤·幸福"教育内涵，形成了"三层次、五领域、十模块"课程架构模式。她准确把握教改脉搏，致力于课堂教学变革，以"自主、互动、乐学、善教"的课堂文化为引领，探索形成涵盖学校传统、地域文化和改革成果的乐学课堂教学范式。她还是渭南市小学数学教学领军人物，先后被评为中国教育学会先进教育工作者、教育部新世纪教学研究优秀教师，曾荣获陕西省首批名师、陕西省特级教师、陕西省课题促进工程专家、陕西省校本研修专家等称号，她负责的王艳名师工作室被评为"陕西省校本研修先进团队"。

担任渭南市五届人大代表以来，她积极关注民生，深入了解百姓生活中的热点和难点问题，提出了加强共享单车管理、中心城市绿化美化等议案 10 多件。针对幼儿上学难问题，她走访教育、城建、规划等部门，形成并递交了扩大渭南主城区普惠性学前教育资源、加强幼儿教师队伍建设、加快中小学幼儿园建设等建议。她积极参与市、区人大常委会组织的视察、调研、执法检查等工作，在推进精准扶贫、改善营商环境、打好污染防治攻坚战等 30 多次专项视察活动中，提出建设性意见，充分发挥了代表作用。

一个都不能少

——根据渭南市五届人大代表王艳事迹创作

【主要人物】

王　艳　女，50 余岁，渭南市五届人大代表、北塘实验小学校长

老　杨　男，50 余岁，王艳丈夫

李小亮　男，13 岁，北塘实验小学创新校区六年级学生

张老师　女，20 余岁，北塘实验小学创新校区老师

李　明　男，40 余岁，李小亮继父

李小亮：我就不去学校！你少管我！你又不是我爸！

【摔门声，脚步声跑远】

李　明：小亮！你跑哪儿去？你站住！！

【电视声】

王　艳：（念叨）牙刷、毛巾、牙膏、书包……还缺什么呢？

老　杨：你一个人念叨什么呢？别忙了，过来吃点葡萄。

王　艳：明天要去创新校区，把给李小亮的东西收拾下。嗯？哪儿买的葡萄，怪甜的。

老　杨：不是买的，五楼老李给的。说要谢谢你。

王　艳：谢我啥？我也没帮人家啥忙啊？

老　杨：你这些年在市人代会上不是每年都提《关于加强中心城市绿化美化的建议》吗？

王　艳：对呀，都已经交办落实了。

老　杨：老李说了，多亏你这个建议，现在园林部门优化了行道树的品种，女贞树少了，以后停车也不担心被它的黑豆豆砸得乱七八糟了。

王　艳：哦，就为了这个啊？民生无小事，我是人大代表，看到了，想到了，肯定就要提呀。哎，老杨，你帮我把桌上那本书拿来！

在临渭区北塘实验小学校长王艳的心中，人大代表的职责和小学校长的工作同等重要。百年名校北塘实验小学，有北塘、铁二处和创新三个校区，她关心着学校里的每一个孩子。此时，忙着收拾东西的王艳还不知道，她正惦记着的李小亮，将在明天给她带来一个不大不小的麻烦。

【校园音效】

王　艳：创新校区的情况比较特殊，不少孩子家庭经济都很困难，还有留守儿童，需要我们付出更多的心血。

张老师：王校长，说实话，我一个人结对 11 个孩子，有时候真是力不从心。

王　艳：目前我们师资力量确实不足，市里和区里已经看到这个问题了，正在研究解决的方案，会好起来的。

张老师：您上次提的建议在落实了？

王　艳：政府本来就很重视教育工作，咱们这个创新校区不就是在区委、区政府支持下建立起来的教育扶贫工程吗？我记得 2018 年成立的时候，我们只有 50 个学生，到今年，在校生已经是 350 个了，周边一些村里的孩子也从城里转回来读书了，这就是我们努力的成绩。

张老师：（手机铃声）喂？什么？他去哪儿了？好，我马上来！

王　艳：出什么事了？

张老师：李小亮的继父打电话来说，他又从家里跑了，说自己不上学了。我得去看看！

王　艳：走！一起去！

【开门声】

李　明：张老师……

张老师：怎么回事？李小亮确实没去学校，他到底去哪儿了？

李　明：我也不知道他跑哪儿去了，这娃我真是管不了了。

张老师：那你也不能就这么让他跑出去啊！

李　明：我也是没办法，他妈智力不行，离不开人。再说，我对他也算尽心尽力了，他就是不听我的……

王　艳：现在不是说这些的时候，先把孩子找到再说。

【脚步声、车声】

张老师：（大声喊）李小亮！！李小亮！！（喘息）到底跑哪儿去了？

王　艳：小张，我看家里这边，就请社区的同志帮忙找找。咱们先回学校，我感觉他有可能会去学校附近。

张老师：行！

【操场音效】

王　艳：小张，你看那是不是李小亮？

张老师：嘿！还真是，这娃，我非得好好说说他！开学两个星期，他跑了三回！！

王　艳：你先给他家里和社区说一声孩子找到了。让我先跟他聊一聊。

张老师：好！

【脚步声】

王　艳：李小亮，为什么不去上课呀？

李小亮：王校长……我不想上学了！

王　艳：不想上学了？你舍得吗？上学期你不是还问我，学校啥时候再组织去延安研学吗？

李小亮：我……唉！反正我成绩不好，念书还不如出去打工，也少花点家里的钱！

王　艳：打工？你还不满 14 岁，哪个老板敢用你？雇用童工是犯法的。读书受教育，成绩可不是唯一的衡量标准。老师不会因为你成绩不好就放弃你，你为什么要放弃自己？

李小亮：我……

【书包拉链拉开】

王　艳：这是我今天给你带的书和一些生活用品。没想到，东西还没来得及给你呢，我就先找了你一上午。

李小亮：啊，《假如给我三天光明》……

王　艳：小亮，我特意选了这本书，想让你看看，在这个世界上，有些人不管身处什么样的环境，遇到什么样的困难，都不会放弃自己，拼命努力向上。

李小亮：校长，你为什么非要让我回来上学？

王　艳：小亮，我们每个人在社会上都有自己的责任。我是校长，要对老师和学生负责，我的学生，一个都不能少。你是学生，那你的责任是什么？

李小亮：好好上学？

王　艳：没错，好好上学，长大了做个对社会有用的人，就是你的责任。好了，拿上书包，回教室，不许再逃学了啊。

【开门声】

张老师：王校长，李小亮回教室，开始上课了。

王　艳：你这段时间多关注他一下，我担心他还会有反复，有什么情况马上通知我。

张老师：其实他这个学期已经好多了。上五年级时几乎每周都要跑两回……

王　艳：这说明我们的工作还是有效果的，孩子也在慢慢成长，我们要继续努力。（微信声）本轮招聘，北塘实验小学创新校区招八名教师，幼儿园招三名教师！太好了小张，听到了吗？

张老师：王校长，你提的人才招引政策建议又落实了。八名教师，这可真是及时雨！

王艳，渭南市五届人大代表，临渭区北塘实验小学校长，渭南市监察委员会第一届特约监察员、渭南市教育研究所教研员。从教 33 年来，她从普通教师到育人楷模，从教学一线到市域教研员。从一名普通的教师到校长，始终不忘初心、牢记使命，教书育人，业绩显著。作为人大代表，她立足本职，勤奋工作，为教育积极建言献策，强化履职监督作用，真正为临渭教育办实事，践行了一名优秀人大代表的职责，生动诠释了新时代教育科研工作者的光辉形象。

王文娟

王文娟

　　王文娟，女，1988年3月生，陕西蒲城人，陕西省十三届人大代表，国家首批中级营养师，蒲城县金粟山养鸡专业合作社理事长。

　　大学毕业后，她凭着对家乡的满腔热爱，毅然放弃安稳舒适的省城工作和生活，扎根农村发展养殖产业，成为远近闻名的致富带头人。她养殖的蛋鸡完全采用现代管理模式，目前已建成十万只以上智能化鸡舍1栋、一万羽以上标准化鸡舍20栋。在经营方面，她采取"市场＋合作社＋品牌＋农户"的经营模式，为入社群众提供雏鸡和饲料配送、技术指导、疾病防控、品牌包装、销售等全方位服务。她倾力投身脱贫攻坚事业，热心帮助贫困群众，积极联系蒲城县科技局、县科协及西安电子科技大学、西北农林科技大学、杨凌职业技术学院等科研院校的专家教授为群众开展免费技术培训，先后为本村养殖产业51户群众争取移民贴息贷款248万元，在她的帮扶带动下，其所在的草地村已成为渭南市蛋鸡养殖示范村。她注重发展科技兴农，立足自身产业实际，完成了"鸡粪综合利用生物有机肥项目""生物发酵饲料关键技术研究项目"等重大科技项目，金粟山养鸡专业技术协会被评为"全国科普惠农兴村计划先进单位"。目前她带领的 230 多户养殖户共 80 多万只蛋鸡，全部达到了国家无公害生产标准，取得了无公害农产品产地双认证，她所领办的蒲城县蛋鸡产业联盟日趋成型，焕发出勃勃生机。

担任省十三届人大代表近五年来，她认真履行代表职责，按时出席各次人代会，在审议报告和讨论事项中积极发言，提出的助力精准扶贫、加快产业发展、加强农村教育等多项建议引起有关方面重视，切实发挥了人大代表作用。

"三农堂"里鸡大王

——根据陕西省十三届人大代表王文娟事迹创作

【主要人物】

王文娟　女，陕西省十三届人大代表、蒲城金粟山养鸡专业合作社秘书长、理事长

村民甲　男，50余岁

村民乙　男，30余岁

人力主管　男，40余岁，蒲城金粟山养鸡专业合作社工作人员

学生甲　女，20岁出头

学生乙　男，20岁出头

人大领导　男，50余岁

"鸡健康快乐、蛋安全营养。"养鸡也要养出核心文化来，这样的观点听起来是不是很新鲜呢？但是，在王文娟的"三农堂"还有更新鲜的事儿呢，比方说：鸡的祖先是谁啊？她说是"恐龙"。哈哈，就是这样一个个新鲜的观点让王文娟成为远近闻名的鸡大王。

第一场

【蒲城"三农堂"】

（群众议论纷纷："刚才老师讲得太好了，家庭和睦才能有心气儿致富嘛……""上一堂讲得才叫好，拣干的捞，全是养殖知识……""要我说城里都不见得有咱这样的"三农堂"，要不凭啥十里八乡都往咱这儿赶……""文娟这娃就是行，不愧是咱们选出来的代表……""现在说行了，当时你不还嫌人家是个学生娃……""别嚷嚷，文娟来了，看来今天是她的课"）

王文娟：各位叔叔婶婶、大伯大娘，今天是咱们"三农堂"的第六周，刚才李教授给大家讲了亲子关系，接下来我也来谝谝文化。

村民甲：文娟，你不会同咱们讲婆媳关系吧？

村民乙：不敢胡说，文娟还是个新媳妇呢！

王文娟：（开玩笑）你们说的那些我可没经验，讲讲我有经验的。

村民甲：那你就讲讲"鸡健康快乐、蛋安全营养"，我们爱听着呢！

王文娟：别说，今天我讲的还真和鸡有关系，今天咱们就讲讲鸡文化。

村民乙：那不就是个公鸡打鸣、母鸡下蛋吗，那还能有啥！

王文娟：可没那么简单，你们说鸡的祖先是哪个啊？

村民甲：别问二憨，他能弄清楚自己的祖先就不错了！（众人附和）

村民乙：（开玩笑）文娟，鸡的祖先不会是凤凰吧？

王文娟：凤凰是传说里的鸟王，不过也差不多，鸡的祖先是恐龙！

村民乙：（惊讶）啊？那么大个头也能和鸡扯上关系？

王文娟：咋不能，就连宇宙也能扯上关系，宇宙最早的形态就是个"蛋"嘛。

村民甲：啊？那这和咱金粟山养鸡有啥关系？

王文娟：这关系可大着呢，现在咱们卖蛋卖的是健康，以后咱们还得卖文化。不但是我们，整个渭南都要以当地产业为基础，挖掘企业核心文化，像韩城的花椒、白水的苹果都一样嘛！这也是本届我一直在提的一个建议，政府已经表示大力支持了！

村民乙：理事长说的这些我不太懂，可既然我们选你当代表就信你，你说咋干就咋干！

村民甲：对，要不是你给咱大伙担保，咱们也养不了这些鸡娃，248万元哪，靠咱们贷不下来！

村民乙：就是，当初我们还嫌你是个学生娃呢！

王文娟：以后啊，村里学生娃会越来越多咧！

第二场

刚跟村民们打完保票，王文娟就跑去高校，她准备引智进村。王文娟深知这些有头脑、有活力、有技能、有干劲的年轻大学生会给"三农堂"带来些什么变化。可这些高才生的心气儿也高啊。

【校园招聘会】

人力主管：理事长，你看别人的展位可是热热闹闹的，就咱们这个展位冷冷清清的，我看你到高校招鸡倌儿这件事啊，悬！

王 文 娟：可咱农村最缺的就是人才，这些学生娃都是乡村振兴的好苗苗，能招一个是一个吧！

人力主管：理事长，当初你辞了省人民医院的工作是咋想的？

王 文 娟：我呀心里就想着一件事，不能看着咱好不容易发展起来的养鸡场就没了呀，那是乡亲们几辈子的希望……交辞职报告那天我都不敢多说一句话，就怕一犹豫就下不了决心，改主意了！回了家，我一头扎进鸡窝棚，几天下来浑身上下都是鸡粪味，我妈天天把我往外赶，生怕我找不着婆家。

人力主管：你还能找不着婆家？

王 文 娟：我是一着急呀，才告诉家里我已经辞职，没有退路了，挨了好一顿骂呢！

人力主管：这人啊都是逼出来的！

王 文 娟：不说那些了，现在咱们金粟山闯出了名气，可是要做成现代化基地就必须引智进村。去年在人代会上，市委书记叫我"鸡大王"，还嘱咐我得多跑跑高校，让更多的人才走进咱们乡村，我敢说只要他们选择了农村一定会找到实现自己人生价值的舞台。

人力主管：理事长，我吆喝两句，给咱这展位拢拢人气。

王 文 娟：好啊。

人力主管：喊个啥呢？对，就喊"鸡健康快乐、蛋安全营养，金粟山欢迎你"！

（喊）"鸡健康快乐、蛋安全营养，金粟山欢迎你！"

【几个学生走来】

王 文 娟：你看有人过来了！这位同学，你是想来金粟山应聘吗？

学 生 甲：（惊喜）你是王文娟学姐！对，就是你，"鸡健康快乐、蛋安全营养"

嘛，我天天刷你的抖音！

王 文 娟：你们都是中医大的？

学 生 乙：对，我们是 2020 届的，王学姐你可是国家首批中级营养师，院里

到现在还挂着你的照片呢！

学 生 甲：对对，还有你返乡创业的事迹！学姐你给鸡听音乐，定制营养餐，

可真牛！弄得我们都想住住金粟山的鸡窝棚！

人力主管：欢迎，欢迎，我们理事长到这儿就是广招贤才的。

学 生 甲：王学姐，我是计算机专业的，你们那儿需不需要？

王 文 娟：需要，当然需要，我们正在考虑建设一个金粟山虚拟园区，让每一

个消费者都有更好的 VR 体验，打造全媒体平台！

学 生 乙：王学姐，我是学中医营养的，去金粟山我能干点啥？

王 文 娟：我看过上几年你能干个管鸡的场长！

学 生 甲：那咱有多少鸡？

王 文 娟：场里 80 万只蛋鸡，每家农户还有 100 只！

学 生 乙：这事我干过！我报名去金粟山，这是我的应聘材料。

学 生 甲：这是我的！

人力主管：都别急，别急，先看看我们的条件、待遇！我们理事长可说了，要

用待遇招人，用事业留人……

老话怎么说来着，"一人得道，鸡犬升天"。"三农堂"里的新鲜事新想法

不仅带富了金粟山，现在各村各县都来学这乡村振兴的高招了。本届人

代会，王文娟又成主角了。

第三场

【人代会讨论现场】

人大领导：各位代表，本次会议我们收到的建议意见超过了往年的 10%，其中有一些建议质量很高，尤其是王文娟代表关于引进高校专业人才、助力乡村科技振兴的建议，引起了各级政府的重视，市里、县上正在制定支持高校毕业生进村创业的相关政策，各位代表还有哪些意见和建议，可以拿出来讨论一下。不一定非得在本行业、本领域。（稍停）王文娟代表！

王文娟：既然领导点名了，我就说一下，这次和养鸡没有关系。（众人笑）我们蒲城开了个"三农堂"，这大家都知道吧，每次开讲都拥来几百人，我都怕把楼板给踏塌了。（众人再笑）

人大领导：同志们，不要笑嘛，人多说明老百姓喜欢这个新鲜的学习形式，也渴望接受新知识、新思想。

王文娟：所以我建议有关部门推广咱们这个"三农堂"讲学，我们讲绿化、讲环保、讲农业技术、讲乡风文明、讲乡村振兴！

众　人：是啊，确实应该好好讲讲。

人大领导：好，王文娟代表讲得好，我提议会后我们组成个调研组，都去金粟山"三农堂"取取经，争取每一个县，不，至少每一个镇都有个"三农堂"！让养鸡大王、花椒仙子、冬枣娘娘、柿饼大姐都亮亮相，让乡村振兴走进每一个群众的心里……

王苑君

王苑君

　　王苑君，女，1978年3月生，陕西大荔人，陕西省十三届人大代表，华阴市方圆餐饮有限公司总经理。

　　她一次次用爱心照亮了创业之路。2003年，华阴市遭遇空前洪灾，正处创业初期的王苑君经营着一家小餐馆，主动请缨为抗洪大堤上的救援队免费送饭菜；她热心公益事业，2008年汶川地震，为重灾区捐款5万多元，近年来在华阴市关爱留守儿童活动中累计捐款6.8万元；2020年年初，新冠病毒来袭，疫情防控形势严峻，王苑君坚决落实防疫规定，带头关闭经营酒店和餐厅，在得知抗疫一线物资紧缺时，她多方联络购买防护用品、消毒液、食品等防疫物资，及时捐助给当地的岳庙办、太华办、罗夫镇等镇办，为坚决打赢疫情防控阻击战贡献了企业力量；她积极参与扶贫工作，自掏腰包为贫困户维修住房、添置家具，先后接收18户贫困家庭群众到企业务工，帮助他们掌握一技之长，促其成功脱贫；20多年的餐饮事业中，她坚持诚信经营，将"用放心食材，做良心餐饮""宾客是衣食父母，员工是兄弟姐妹"等理念融入企业文化，以文明守法经营赢得了老百姓的一致好评。

作为一名来自基层的企业界人大代表，王苑君牢记为民服务初心，以反映民情民意和百姓呼声为己任，认真履行代表职责，直面民生问题，积极建言献策，无论企业事务多么繁忙，都能积极参与各项代表活动，先后围绕群众关心关切的乡村振兴、产业发展、环境保护、民计民生等热点难点问题，提交了20多份有温度有深度的代表建议，用实际行动书写了一位人大代表的责任和担当。

华山论道

——根据陕西省十三届人大代表王苑君事迹创作

【主要人物】

王苑君　女，陕西省十三届人大代表、华阴市方圆餐饮有限公司总经理、
　　　　渭南文化旅游产业发展有限责任公司副总经理

店　员　女，时年 20 余岁

抗洪者　男，时年 30 余岁

张科长　男，陕西省人大代表联络处工作人员

老　李　男，渭南市人大代表联络处工作人员

群　众　女，50 余岁

从一家小餐馆的经营者到两大公司的负责人，王苑君用爱心照亮了创业之路。而作为一名人大代表，王苑君又用责任扛起了华阴群众的重托，这一切似乎都与 2003 年有关。

第一场

【2003 年 8 月，暴雨如注，小餐馆内，时年王苑君 20 多岁】

王苑君：唉！这都三天了，这天是漏了吗？

店　员：老板，关门吧，你看这么大的雨，哪有人吃饭？还有这些菜、肉也没
　　　　剩下多少……

王苑君：可我总觉得会有人来！这样，我先去给你哥打电话，叫他无论如何再多进一些菜、肉、米、面，最好先备它一两个礼拜的！

店　员：我的大老板，咱这小店一共就七八张桌子，好几天也来不了三五十人，这大雨，好几天了吧，哪见过一个人，附近哪还有一家开门的？

王苑君：就是没人开门咱们才要开，人是铁饭是钢，人总是得吃饭的呀！

店　员：现在谁还出来，还不都躲在家里！要不是老家路被冲断了，我也回家了！

王苑君：可是大坝上，不是还有人回不了家，吃不上饭啊！

【一人冒雨闯进来】

抗洪者：老板，能做饭吗？

店　员：不能！

王苑君：闭嘴，能！

抗洪者：到底能不能做啊？

王苑君：能！我们能！

抗洪者：算了，你还挂着吊瓶呢！

王苑君：大哥，我真能！

店　员：大哥，这么大的雨，你还出来啊？

抗洪者：抗洪，堤上几百人，一口热的喝不上，我就寻思找一家餐馆订餐，找了几条街就你们家开门！还一个打吊瓶，一个……算了，我再去街上找找！

王苑君：大哥，你就别出去了，小花，快！赶紧给大哥下碗热面，记得多放点辣子！

店　员：大哥，你稍等，你别走，我马上就来！

王苑君：大哥，你快坐下暖和暖和。大哥，你是抢险救援队的吧？来来来，喝杯水！

抗洪者：嗯！可算喝上口热乎的了，谢谢！

王苑君：大哥，你放心，我这就联系我爱人，叫他无论如何再给咱进点吃的！

抗洪者：那就好，饭菜不用多好，量大管饱就好，钱不差！

王苑君：你们为了抗洪连命都不要了，我还能要你们的钱！放心，今后你们大堤上的饭菜我们包了！你们也不用来人，我和我爱人开车给你们送！

抗洪者：这怎么好！

店　员：面来了，大哥，你的面来了！

王苑君：大哥，你赶紧趁热吃面吧，其他的事你就别管了！（打电话）喂，是我，你在哪儿？

王爱人：（手机响）在医院，给你取药呢！

王苑君：什么时候了，你取什么药啊？

王爱人：不是你让我来的吗？

王苑君：取药的事你先别管，赶紧给我联系进货，钱不够你就先赊着。

王爱人：啥？赊账都要进货？苑君，你烧糊涂了吧？

王苑君：（嗔怪）你才烧糊涂了呢？这不是你之前说的吗，咱得为抗洪尽力，现在机会来了，你又不干了？

王爱人：我知道了，你这是要给大堤上送饭，好，我这就去进货！

餐饮公司总经理、旅游公司负责人这两个不同的身份，让王苑君时刻关注着华山，也关注着华山脚下的一草一木。

第二场

【华山脚下，各种叫卖声，省人大代表视察】

老　李：老乡，你是华阴人？

群　众：是啊！

张科长：华阴人有福气啊，守着一座华山，干个小买卖都能富得流油！

群　众：哪有，哪有啊。可惜华山这地方不留人，游客当天来当天走，做个小买卖只能混个温饱。

张科长：前些日子我看到了一份人大代表建议，是《关于加大支持华山旅游目的地建设的建议》，反映的就是这个问题，代表的名字叫……

老　李：代表叫王苑君。我认识她那会儿是 2003 年，她开了一家小餐馆，发水那会儿她天天给堤上送饭，货车掉进水里还哭了鼻子，整整一个月，十四五万元的饭钱一分没收啊……

张科长： 您说的都是老皇历了，据我掌握的资料，现在人家可是知名企业家了，开了一家华阴市方圆餐饮有限公司，还是渭南文化旅游产业发展有限责任公司副总经理，现在都成省人大代表了。

老　李： 好哇，好哇！王苑君，王苑君……

王苑君： 我是王苑君，您找我？

老　李： 哎哟，说曹操曹操到啊。

王苑君： 领导，您找我有事吗？

老　李： 哎呀，什么领导啊，看看，不认识我了？

王苑君： 我哪能不认识您呢，您是渭南市人大代表联络处的，对吧？咱可见过好多次面呢！

老　李： 你再仔细看看！

王苑君：（迟疑）您是……

老　李： 你看着我啊。"老板，能做饭吗？"

王苑君： 您是那个十多年前大雨中来吃面的大哥！

老　李： 你说呢？

王苑君： 哎哟，这可十多年了，您不说，我可真是不敢认啊！

老　李： 老了。

王苑君： 不不不，我想起来了。

张科长： 原来你们认识。王总，你是华阴选区的代表，说说华阴咋能靠华山富起来！

老　李： 对，说说，这位是省人大代表联络处的张科长，也让省上多了解了解咱华阴。

王苑君： 那我就随便说说。咱华阴文化资源丰富，不仅有沉香劈山救母、陈抟与宋太祖赵匡胤对弈等神话传说，还有华阴老腔，这最关键的是金庸先生笔下的华山派，华山论剑嘛……

张科长： 说下去！

王苑君： 但现在华山或者说华阴旅游的症结就是留客作用不强，你看这游客早上来晚上走，晚上来早上走，这样下去无法形成消费产业链，咱也传播不了华阴文化。您说呢？

老　李：那你有什么对策？

王苑君：通过这次视察，我准备提出一个建议，具体想法就是发展体验式旅游。到了华阴你就可以自主选择代入角色，比如说，你可以变成华山派弟子，在游览中遇到你的同门师兄弟，或者也可能遇到其他门派，等到完成各种任务以后，你这两天的消费可抵消，简单来说，通过金庸的武侠文化带动一方经济发展……

老　李：这可就新鲜了，你说的这个好像是我孙子他们玩的那个什么手游……也有点像仙侠剧。

王苑君：其实我们可以拷贝剧情，比如，营救小师妹、寻找古剑谱……领导，我是想到哪儿说到哪儿，让你们见笑了！

张科长：先不管对不对，有创意咱们就赢了一步！这个想法我们可以向政府再提一下！

群　众：这么听来，各位领导，那是不是我也能开家客栈了？做个老板娘什么的？

老　李：老乡，那就要看王总的剧情里有没有你这一家"同福客栈"了！

王苑君：有有有！要是真能实现这个想法，咱华阴老腔也算是有用武之地了……

老　李：王总，到了你的地界不请我们吃一顿华阴小吃那可是不行的，大刀面、麻食泡……可不要逼着我们点外卖！

王苑君：领导您放心，只要你们大家有胃口，我这儿管饱！说到点外卖，我这儿还有个建议，咱得提高华阴小吃外卖的准入标准，毕竟咱们也得保证咱华阴的云上滋味才行啊。

老　李：你这个想法很好，你啊，还真会抓准时机！不过，咱人大代表就是要真心实意为群众着想。张科长，今天咱这也算是一个简短的华山论道，我想有人大和政府的努力，王苑君代表的这个建议一定会促进我们华阴和华山的高质量发展。

王苑君：咱们大家一起努力！

老　李：那可真是："将令一声震山川，人披衣甲马上鞍，大小儿郎齐呐喊，
　　　　催动人马到阵前……"

王录俊

人物
小传

王录俊

王录俊，男，1968年3月生，陕西白水人，陕西省第十三次党代会代表，渭南市四届、五届人大代表，渭南葡萄研究所所长、研究员，先后受聘为渭南市葡萄行业首席专家、陕西省葡萄产业技术体系岗位专家、陕西省乡村振兴农业专家团专家、西北农林科技大学硕士研究生校外导师、国家葡萄产业技术体系渭南综合试验站站长。

参加工作30多年来，他坚持工作在农业生产第一线，引进新品种，研发推广新技术。1998年，他在全市率先引进"红地球"葡萄，从20亩示范园抓起，带动临渭区葡萄面积发展到26万亩，年产值超30亿元，种植葡萄成为临渭区30多万农民群众脱贫致富的支柱产业，他个人被群众誉为临渭区葡萄产业奠基人。他创新研发的葡萄"Y"型架及"三带"整枝、葡萄简易避雨栽培等10余项关键技术，每年带给果农增收超10亿元。他先后主持实施中、省、市科研项目20余项，解决了一系列重大实用技术问题，获得全国农牧渔业丰收奖，省、市科学技术奖等 13 个奖项。个人先后荣获渭南市有突出贡献优秀人才、渭南市优秀共产党员、渭南市优秀人大代表、陕西省最美科技工作者、全国科技助力精准扶贫工作先进个人、全国优秀科技特派员、全国最美农技员等荣誉称号。

王录俊不仅是一位热爱农业、吃苦耐劳、无私奉献的基层农业专家，同时也是一名立足岗位、积极履职、一心为民的优秀人大代表，多年来他积极参加市人大常委会组织的各项视察、检查、调研等活动，主动发现农民群众生产生活中的困难和问题，及时提出有效意见和建议，推动问题解决，发挥代表作用。

"王财神"和他的"红地球"

——根据渭南市五届人大代表王录俊事迹创作

【 主要人物 】

王录俊　男，53岁，渭南市五届人大代表，渭南葡萄研究所所长、研
究员

赵淑珍　女，中年，见庄村果农

李　蕊　女，青年，渭南葡萄研究所科研人员

"一粒种子可以改变一个世界，一项技术能够创造一个奇迹。"20多年来，
人大代表王录俊主导引进葡萄新品种117个，带动临渭区葡萄种植面积
由不足1万亩发展到近30万亩，辐射带动渭南市葡萄种植面积由起初的
2万亩发展到现在的52万余亩，乡亲们亲切地称他为"王财神"。

第一场

【清脆的鸟叫声，下邽镇见庄村葡萄园】

赵淑珍：王所长，这些"红地球"去年一亩下来挣2万块，我们心里那叫一
个高兴。可今年眼看着红提就要成熟了，不是裂果就是霉变，这样下
去恐怕连苗子钱我都收不回来了！

王录俊：你别急，我也发现了"红地球"葡萄的问题，遇秋季持续阴雨易霉变
易裂果，我们葡萄研究所正在抓紧技术攻坚……

赵淑珍：按说我应该信你，可远水解不了近渴啊，我们可都叫你"王财神"，你可得替我们想想办法！

李　蕊：赵姐，您找我们王所长就找对了，果农在他心里比谁都亲！

王录俊：（沉吟）嗯，这样吧，从今天开始我就带人在你的果园住下，这个问题不解决我们坚决不回去！

赵淑珍：那好，那太好了，只是苦了所长和大家伙。

李　蕊：所长，您说的是真的？在果园住下，这漫天的蚊虫可咋受得了啊，这可不是一两天的事。

王录俊：李蕊，咱们解决"红地球"不耐日晒、抗病性差的难题用了多长时间？

李　蕊：嗯……有些时间了。这几年你天天在乡下的葡萄园里，几乎不怎么回家，嫂子可没少发牢骚。还好我们研究出了葡萄"Y"型架和"三带"整枝技术……

王录俊：是啊！我在 2009 年建议成立葡萄研究所，就是为了给咱们引进"红地球"葡萄保驾护航，解决这个影响群众增收的难题。葡萄"Y"型架和"三带"整枝技术一下子拉动了几十万亩葡萄的种植，现在咱们又遇到了新问题，只有迎难而上才行啊。一年，我只给自己一年的时间！

李　蕊：（坚定地）好，所长，我跟你干！

赵淑珍：王所长，我也跟你干！

王录俊：好！

经过反复试验，王录俊总结出的葡萄设施避雨栽培技术终获成功，目前已在渭南市 40 万亩葡萄园应用推广。

第二场

王录俊：你来看啊，像这种大一点的刀口，最好涂点石硫合剂杀菌消毒。还有，这两天抓紧时间清园，把带病菌的树还有杂草全都埋到地里去。还有一点要注意，避雨棚一两年可要换一次棚膜。

赵淑珍：啊？还要换棚膜啊？

李　蕊：那当然了，您可别看避雨棚搭起来简单，可这棚架的宽度，包括拱形的高度、不同棚膜的寿命、棚膜的颜色，都是所长带着我们一亩地一块田试验出来的。

赵淑珍：好！我听王所长的！我算过账了，有了避雨棚，每斤葡萄能多卖两三毛钱。

李　蕊：不止这样啊，按照王所长的测算和多年的实验，建了避雨棚，今年咱们的"红地球"可以延迟错季上市五十天呢，这样每斤葡萄能多卖一块到一块五毛钱。

赵淑珍：等等啊，让我算算，两毛加一块，一块五……啊，那我一亩园不得多卖万把块呀！

李　蕊：你就偷着笑吧赵姐。咱渭南是全国"红地球"最大的连片种植区，现在已经超过了 40 万亩，一亩地按保守数字多卖 8000 元。

赵淑珍：看来王所长这个"活财神"真不是白叫的！

王录俊：哎哟！什么财神不财神的，不敢当，咱们靠的是科学技术种葡萄，科学才是群众致富的"活财神"。对了，还有个好消息，咱这个搭避雨棚的补助也要下来了，每亩政府补贴 300 块呢。

赵淑珍：太好了，每个果农都有吧？

王录俊：对！

李　蕊：都有都有赵姐，这是我们所长在市人代会上提的建议，咱临渭区第一个落实的。

赵淑珍：哎哟！我们该咋感谢你才好啊所长？

王录俊：感谢我什么呀？要说感谢是我要感谢你们七个种植户的。我记得，1998 年我引进了"红地球"，看重的就是好管理、硬度大、耐运输，价钱也比当时的老品种葡萄高几十倍。可苗子贵啊，一棵苗 8 块钱对吧，乡亲们可都不敢种，还不是你们七户支持了我？

赵淑珍：看您这话说的！

王录俊：我说的都是心里话、实话！现在"红地球"还是咱们临渭区葡萄园的主打品种，但是还远远不够，我打算在颗粒大、甜度高、抗逆性强、耐拉运的"阳光玫瑰""早霞玫瑰"的引种培育上再下功夫。

赵淑珍："阳光玫瑰""早霞玫瑰"？（王录俊：对呀！）这些品种我听都没听说过！

王录俊：所以我们才要开展种源"卡脖子"的技术攻关，打一场种业翻身仗。再过几个月我可就要退居二线了，这个责任可能要交给李蕊他们了！

李　蕊：王所长，我敢说，您啊就是退了二线也闲不下来，我们这些年轻人还指望着您呢！

赵淑珍：对啊，还有我们这些果农，你这个大所长真要二线了，我们就联合起来聘你当顾问。（王录俊：对啊！）咱们也种种"阳光玫瑰""早霞玫瑰"，哈哈哈……

第三场

过了几个月，"阳光玫瑰""早霞玫瑰"技术逐渐成熟，退居二线的王所长心里想着大伙，就又来到了园里。

【渭南葡萄研究所试验站，不远处有叽叽喳喳的喜鹊叫声、刹车声、关车门声、脚步声】

王录俊：李蕊，赵淑珍。

李　蕊：王所长，您怎么来了？

王录俊：怎么，还不欢迎啊？

赵淑珍：哪有不欢迎"大财神"的道理呀？

李　蕊：我就说吧咱们所长啊退了二线也闲不住的。（王录俊：闲不住。）怎么样，这不大早上就跑 20 公里来园里了吗？

王录俊：嘿，说来也是这些年在棚里待惯了，一闲下来就浑身不舒服。快点，安排点活！

赵淑珍：王所长，您这不是打李蕊的脸吗？

李　蕊：就是的，所长，我咋敢给老领导安排活啊？

王录俊：嗯，这种苗长得可真不错啊。

李　蕊：是啊，所长。您看咱这苗子长势多好。过段时间，咱们的葡萄产业园里又要有新品种了——"新郁"和"夏黑"。

王录俊：太好了，有了"新郁""阳光玫瑰""早霞玫瑰"这几个高端品种种苗的成功种植，"红地球"一统渭南的格局可就要改变了。

李　蕊：一亩"红地球"也就能卖到两三万元，但是咱们这一亩"阳光玫瑰"已经卖到超过 10 万块了，哎呀！我想想都来劲。

赵淑珍：王所长，这都是您的功劳啊。

王录俊：哎哟，这我可不敢贪功啊，我弄的就是"红地球"，"新郁""阳光玫瑰""早霞玫瑰"等六个品种可都是李蕊的功劳。

李　蕊：所长，我……

王录俊：小李，我告诉你个好消息，我今年提的"引进高层次的农业人才"的建议，上面可是非常重视。据可靠消息，马上要召开渭南市首届人才发展大会，渭南市将出台破除束缚人才发展的观念和体制机制障碍的政策，你这样的"阳光玫瑰"就等着在风雨中绽放吧！

王新军

王新军

　　王新军，男，1970 年 7 月生，陕西潼关人，渭南市五届人大代表，高级农技师，潼关县金桥现代农业园区联合党支部书记、潼关县金桥牧业有限公司董事长。

　　他长期扎根农村，从事农业生产发展，先后创办了潼关县兴发种猪养殖场、兴发种猪养殖农民专业合作社、金桥牧业有限公司、红宝石软籽石榴农民专业合作社等实体企业，创建了陕西省金桥现代农业园区、陕西省软籽石榴标准化种植示范区。他坚持走科学发展之路，重视农业科技创新与实用技术的推广应用，先后主持承担省部级科研项目 20 余项、市级科研项目 30 余项，发表相关论文 5 篇，申报专利 6 项，培育农作物新品种 1 个，主持编制渭南市地方标准 6 项。他秉持带领农民群众共同发展致富信念，走"公司＋合作社＋农户"的发展模式，他牵头帮扶的潼关县五虎张村，成为全省"万头生猪养殖示范村"，村民年均收入从 2000 元提高到 1.1 万多元；他通过推广软籽石榴种植，带动规模化种植企业 6 家、村级扶贫产业园 16 个、村级集体经济产业园 10 个，帮扶贫困户 415 户，达到了"县有示范园、镇有示范村、村有示范户"，目前全县种植面积达 4.46 万亩，软籽石榴产业已成为潼关乡村振兴首位产业。个人先后荣获中国石榴产业突出贡献奖、全国优秀农民工、陕西省优秀共产党员、陕西省创业之星、渭南市劳动模范等荣誉称号。

担任人大代表以来，他把履职热情更多地转化成为当地群众服务的实际行动，敢于尝试，勇于探索，咬定青山不放松，先富带后富，坚持让群众在家门口，有事干、有钱赚，取得了良好的社会效益。

山窝窝里的金蛋蛋

——根据渭南市五届人大代表王新军事迹创作

【主要人物】

王新军　男，50余岁，渭南市五届人大代表、潼关县金桥现代农业园
　　　　区联合党支部书记、金桥牧业有限公司董事长

张武胜　男，中年，潼关县金桥现代农业园区工作人员

童晓丽　女，30余岁，陕西省某果业公司总经理

和小锁　男，60岁左右，潼关县城关街道屯丰村五虎张村农民

记　者　女，30岁左右，中央广播电视台《致富经》栏目外景主持人

金秋十月，潼关的软籽石榴硕果累累，果香四溢，成为当地标志性的农产品和富民强县的主导产业，最初引进软籽石榴试种成功的王新军带领潼关农民走出了一条不同寻常的致富之路。

第一场

【潼关县第四届丰收节现场，热闹嘈杂，王新军正在给顾客介绍剥软籽石榴的小诀窍】

王新军：您算是来着了，您看，吃这个石榴要把这里的皮都剥掉，然后就可以
　　　　像吃西瓜一样，（咬一口）全是汁水，甜到心里去，还不用吐籽呢。

张武胜：王书记！

王新军：怎么了？

张武胜：哎呀，可找着您了。省里那家果业公司的童总要追加订单，你赶快过来接洽一下吧。

王新军：行行行，我知道，你先等会儿。（对顾客）你们先尝着，我去去就来。（对张武胜）走！

王新军：童总，让你久等了。

童晓丽：王总你好啊！

王新军：今天不是丰收节吗，我在那儿忙活忙活。

童晓丽：恭喜恭喜，您这石榴是大丰收啊。今年这石榴一上市，群众就知道这是有机软籽石榴，争抢着购买，我们每天上的货都是供不应求。

王新军：那可太好了。

童晓丽：所以我们果业公司还要在原来 15 万斤预采购合同的基础上，再追加 5 万斤。

王新军：没问题。

童晓丽：王书记，这咱还按老规矩，还是一等果啊。

王新军：好啊童总，您放心，咱们合作都三四年了，我保证您收到的每颗石榴都不低于一斤，绝对是一等果。

童晓丽：那就太谢谢王书记了。

王新军：武胜，你带童总回公司补签合同，我这就去小锁的果园亲自监督选果。

张武胜：哎！您这边请。

第二场

【和小锁的果园内，村民们正在摘果】

王新军：今天辛苦啦！大伙儿再加把劲，展会那边又增加了 5 万斤的订单。各位啊，一定要挑个头大的、果形好、颜色好的先摘，每个果都要足斤两。好好，去吧。

和小锁：王书记你咋还亲自来了？哎呀，你那么忙，打个电话告诉我一声就行，我这里你还不放心啊？

王新军：哪能不放心！我就是来给村民们鼓鼓劲，再看看这满树的石榴，心里头实在是美得很。

和小锁：（感慨地）是啊，看这满山满树的大石榴跟金蛋蛋一样，咱潼关县1000 多户种石榴的，哪个心里不乐开了花！

王新军：嘿，你个和小锁，你这副模样，哪像是乐开了花的样子?! 咋了？有心事儿？

和小锁：（歉疚地）我这两天总是想起当初，你找我说养猪、种石榴能挣钱，我不信，那个时候，还说你是想钱想疯了，也不让别人借给你钱，让你受了不少委屈。

王新军：都十几年前的事儿了，提那干啥！

和小锁：谁想到，这几年，大伙儿跟着你脱贫致富，这日子过得有奔头，现在连我儿子大学毕业了都要回来跟我种石榴，说这才是乡村振兴、农村发展的大好前程。哎呀，一想想这些，就觉得对不住你。

王新军：孩子要回来是好事儿，我这些年带着村民搞生猪养殖和石榴种植，其实就是这个目的。

和小锁：好啊！

王新军：让村民有事干、有钱赚、家团圆。只要勤快，就能把生猪和软籽石榴产业发展好。规模大了，产量高了，腰包鼓了，咱潼关县这山窝窝就能率先实现乡村振兴！

和小锁：嘿呀，你说得真好！那是一定的。看现在这个样子，今年我家这些石榴树，一亩就能收入四五万元。

王新军：那就好。

和小锁：再加上养猪卖的钱，估计今年收入 10 万元没问题。

王新军：那就别琢磨那些过去的事儿了，赶紧去把关挑果，咱潼关石榴可不能因为质量砸了品牌。

和小锁：那当然。

王新军：下午中央电视台记者还要来现场采访，我得回去准备一下。

和小锁：好，你去，你快去忙，潼关这 6 万亩石榴绝对不会给你抹黑的。

王新军：好嘞。

第三场

【金桥现代农业园区办公室，王新军正在做介绍】

王新军：……按照现代绿色农业发展要求，金桥现代农业园区整合了各种生产要素，推行"畜牧、沼泽、果园、旅游"的现代农业循环模式，软籽石榴种植与生猪养殖相结合，将沼肥作为有机肥，实现了农业生产的良性互动和循环发展……

【汇报结束，掌声响起】

记　者：来潼关之前，我们就知道咱们潼关软籽石榴很受市场欢迎，规模也越做越大，刚才我们也实地参观了石榴园，又听了您的介绍，看来，您带领大家探索出来的软籽石榴绿色有机栽植模式非常适合潼关气候和发展实际。

王新军：对，都是慢慢探索出来的。

记　者：大家都非常辛苦！潼关县的软籽石榴有远大的市场前景，也是个带动群众致富的好产业。

王新军：还是要感谢你们，感谢各位记者朋友，感谢你们对潼关软籽石榴的关注和宣传。在中国人的传统观念里，小小的石榴，本身就寓意着团圆、团结、和睦吉祥。作为人大代表，我就想让潼关县的软籽石榴产业发展起来，成为群众致富名副其实的"软黄金"，吸引年轻人返乡创业，只有家人团圆，百姓才有幸福感。

【电视画外音：今天的《致富经》节目，我们带大家走近陕西省潼关县一个叫王新军的人，他种的软籽石榴不一般，不仅脆甜爽口，个头还大，他的软籽石榴带大家走向了致富之路……】

张武胜：王书记，王书记，您快来看呀，您又上电视啦！

王新军：别毛毛躁躁的，慢慢说。

张武胜：以前是《黑土地》《朝闻天下》，这回又上了《致富经》，看来您现在已经是农民中的大明星了！书记，您怎么还哭了？

王新军：（笑呵呵）嘿，没事儿，看咱这山窝窝里满树都挂着金蛋蛋，高兴的！

作为一名优秀的人大代表，王新军立足产业发展实际，不断倡导政府将潼关软籽石榴产业作为重点发展的特色果业，在全县的生态绿色农业致富之路上越走越宽广。

石卫华

石卫华

石卫华，女，1966 年 6 月生，陕西富平人，渭南市五届人大代表，高级农技师，富平县绿秦柿业有限公司董事长。

1999 年，她创办绿秦柿业公司，带领群众利用当地独特的地理环境和自然优势，以柿子为主的主导产业，通过带头栽种，现身说法，她用身边看得着、学得到的活教材启发群众、鼓励群众、引导群众，极大地激发了当地农民群众发展柿子产业的热情，形成了"促小户成大户、以大户带万户、千家万户种柿树"的喜人局面。她不满足柿子产业发展仅仅停留在种植阶段，毅然把目光转向了柿饼的深加工，经过多方学习、深入钻研、不断创新，她的公司成了远近闻名的柿饼加工企业。在此带动下，富平柿饼一度走出国门，打入国际市场。多年来，她先后担任陕西省女企业家协会副会长，渭南市工商联副会长，获得陕西省优秀企业家、全国妇女双学双比女能手、全国城乡妇女岗位建功先进个人、全国三八红旗手等荣誉称号。

担任渭南市人大代表以来，她发家致富不忘本，始终为当好一名优秀的人民代表、群众的贴心人不懈努力。她认真学习宪法、代表法、地方组织法，努力掌握履行代表职责应具备的知识。她积极参政议政，立足农村实际开展调研走访，及时将群众呼声以建议形式提出，近年来她所提的"为山区教师退休后提供集体活动机会""重视解决农村养老问题"等建议都得到相关方面的高度重视和办理落实。她积极发挥人大代表的带头作用，大力关注和投身社会公益事业，在当地开办了农村妇女技能培训学校，每年有百余人参加学习。

柿子树下好大姐

——根据渭南五届人大代表石卫华事迹创作

【主要人物】

石 卫 华　女，现年55岁，渭南市五届人大代表，富平县绿秦柿业
　　　　　有限公司董事长

刘 经 理　男，中年，山东客商

朴 先 生　男，中年，韩国客商

马克西莫娃　女，中年，俄罗斯杜马议员、全俄农场主协会副主席

冯 局 长　男，中年，富平县农业局副局长

丁 主 任　男，中年，咸阳市长武县某村村主任

第一场

【2001年富平县柿饼展销会】

石卫华： 欢迎大家来到柿子之乡陕西富平，大家看也看了，尝也尝了，富平的
柿子怎么样？ *（群众应和）* 富平的柿饼甜不甜？ *（群众应和）* 富平的人
美不美？ *（群众应和）*

刘经理： 柿子红、柿饼甜，咱们石大姐呢？ *（群众：美！）*

石卫华： 少拿嘴甜乎你大姐，都说山东人实诚，你就给句实话，富平柿饼你要
多少吨，少了大姐可不饶你！ *（群众应和）*

刘经理： 少了我也对不起大姐你，这样吧，我订60吨。朴先生，你订多少啊？

朴先生： 刘经理，别看我是韩国人，我也在南京大学留过学，这叫激将法！我

知道！哈哈哈！

刘经理：还是朴先生你聪明，这都能被你看破啦！

朴先生：那当然啦！

石卫华：都是为了富平来的，订多订少都是情谊，大姐我不挑！只要各位替富平柿饼扬名，就都是我的伙伴！

朴先生：那我就订150吨，以后韩国商会年年都订富平的货！就怕你们的产量供不上！哈哈哈哈哈哈！

石卫华：朴先生，不瞒您说，1998年那会儿我自己家开始种柿子树，哎，只种了十多亩。现在是整个马坡村群众都跟着种，发展到了几百亩，以后就是整个曹村镇、富平县，那就是上千亩、上万亩，保证供得上！

朴先生：那就好，那就好……

2001年，农民出身的石卫华与韩国客商签订了富平县有史以来第一笔大订单，更是让富平柿子首次走出国门。2005年、2006年两年韩国订单接连翻番……

第二场

【全俄农场主协会代表团考察绿秦柿业有限公司】

【众人欢笑】

冯　局　长：马克西莫娃女士，来，尝尝咱富平的柿饼！

石　卫　华：黑红带霜的最好吃！

马克西莫娃：嗯！哈啦少，哈啦少（俄语：非常好），好吃，好吃！

冯　局　长：石大姐，你看马克西莫娃女士夸柿饼好吃呢！

石　卫　华：哈哈！我和马克西莫娃是老相识了，前几年她就和韩国客商到过我的柿子园。不过当时我可不知道会有今天的重逢。

冯　局　长：马克西莫娃女士，在日本吉野市的柿子博物馆里就有"世界上柿子的主产国为中国，柿子的优生区在富平"的记载。

马克西莫娃：哈啦少，哈啦少，了不起！

石　卫　华：您是俄罗斯杜马议员、全俄农场主协会副主席，您也了不起。您
　　　　　要是能把富平柿饼带到俄罗斯就更了不起！

马克西莫娃：哈啦少，哈啦少！

2019 年，借助"一带一路"倡议，富平柿饼顺利进入俄罗斯市场。韩国、
日本、俄罗斯当年销量达 5000 吨。石卫华又将目光投向更远处的山村。

第三场

【咸阳市长武县某乡村】

丁主任：哎哟！快请进！（石卫华：哎哎哎！）石大姐，可把你盼来了。（石卫华：
哎好好好！）快快快！请坐，请坐！（石卫华：好好好。）今年啊咱们长
武县的柿饼产销两旺，（石卫华：是吧！）都是幸亏了你给咱找到了致
富的好门路啊。（石卫华：哎哟！哈哈哈！）来来来！喝茶！

石卫华：好好好，谢谢，谢谢！你们长武和我们富平都是那个电视剧，什么年，
什么岁……（村主任：叫《年年岁岁柿柿红》啊！）哎对！《年年岁岁柿
柿红》的外景地，这就是咱们的缘分，都是陕西的乡党，一家人不说
两家话。我看咱陕西的柿子不但能助力脱贫，还能为乡村振兴再立
新功。

丁主任：嘿！瞧您说的，还都是多亏了您！帮我们联系北京的银行，建起了柿
饼加工基地，现在柿子醋厂也开始筹建了，可我们不能总躺在大树下
乘凉吧！

石卫华：乡村振兴只靠引资企业可不行啊，所以我一直建议要加大对当地企业
的扶持力度。我在渭南已经以人大代表的身份提出简化中小企业贷款
手续，降低贷款门槛的建议，估计啊马上就会有答复。哎，你们也可
以找找咸阳人大，反映一下问题啊。

丁主任：这是个办法！石大姐，去年冬天你来长武给我们讲柿子的习性，讲咋
挂架，（石卫华：嗯！）今年全用上了。（石卫华：嘿！）乡亲们都盼着你
再讲一课呢，就怕你这个大忙人没时间。

石卫华：哎呀！我不说了吗，只要有柿子的地方就有我石卫华的身影，不仅仅是渭南、咸阳，我打算跑遍全中国呢！

丁主任：你看你看，要不你怎么是"柿子状元"呢，到了外地你可要夸夸咱们陕西的柿子，好好地编上一段顺口溜。

石卫华：哎，我都想好了，你听着啊："陕西柿子真叫强，渭南咸阳美名扬，能做柿饼能做醋，抗疫生产两不误。"

丁主任：好啊！那我也续上两句："乡村天天像过节，感谢柿饼好大姐！"（笑声响起）

田应强

田应强

田应强，男，1980 年 7 月生，陕西扶风人，陕西省十三届人大代表、渭南市五届人大代表、渭南市人大常委会预算工作委员会委员，陕西丰泽实业有限公司董事长兼总经理。

他积极响应国家"大众创新、万众创业"政策号召，在社会主义市场经济中白手起家，勇当弄潮儿。创办的陕西丰泽实业有限公司，起身于物业服务行业，多年来专注精细化、科学化、规范化管理，优质放心的服务赢得了社会各方满意，丰泽物业品牌知名度、美誉度、满意度日益扩大和增强，目前企业也成为集物业管理、房建装饰、餐饮管理、安防管理、文化传媒、科技农业于一体的综合型企业，为近 1300 人提供就业岗位，创造产值约 3.2 亿余元，多年来累计上缴利税超千万元。个人先后获得"全国向上向善好青年""陕西好青年""渭南市劳动模范""渭南市优秀企业家"等荣誉称号并入选"陕西好人榜"。

担任省、市人大代表以来，他时刻牢记人大代表的职责和使命，参加人大及其常委会的会议、培训及各种活动从不缺席，围绕群众关注的社会民生问题积极建言发声，以自身的实际行动和实实在在的履职实绩展现了优秀人大代表的风采。他把人大代表的带头和示范作用也展现到服务中心大局、关注社会公益、积极帮困助困上来，近年来他结合企业实际和优势，因地制宜开展脱贫帮扶、就业安置等工作，取得了显著成效，在疫情防控、抗洪救灾等大事面前，慷慨解囊、无私捐助，坚持组织参与当地爱心送考、关爱留守儿童及弱势群体，赢得了广泛的社会赞誉。

青春之歌

——根据陕西省十三届人大代表、渭南市五届人大代表田应强事迹创作

【主要人物】

田应强　男，41岁，陕西省十三届人大代表、渭南市五届人大代表、陕西丰泽实业有限公司董事长

父　亲　男，60余岁

母　亲　女，60余岁

陈大龙　男，40余岁，陕西丰泽实业物业公司经理

李长秀　女，30余岁，陕西省沃纳川生态农业销售经理

妻　子　女，40岁左右

儿　子　男，十七岁

凭着敢闯敢干的创业精神，秉承诚信经营的发展理念，田应强带领十几个下岗职工从物业保洁做起，发展到旗下6家公司、拥有1300多名员工的综合型企业，关注民生民意，助力乡村振兴，以一个青年企业家的赤诚丹心，谱写了一曲动人的青春之歌。

第一场

【办公室】

【敲门声】

田应强：(打电话) 你听我讲，福利还要继续搞，再上 1000 单。哎！请进！行，我先挂了啊！

【开门进】

李长秀：田总，嗯？陈经理也在，好消息！

田应强：嗯？又有好消息？

李长秀：截至 20 分钟前，今天的"黄天鹅"鸡蛋网上订单已经超过昨天 209 单了，(众人议论) 富平柿饼和汉中木耳、香菇都有上涨的趋势。

陈大龙：太好了！咱们沃纳川生态农产品刚上线不到一周，每天散客订单都在上涨，说明咱们的产品实力得到了消费者的认可啊！

李长秀：那可不，我儿子以前根本不吃鸡蛋的，嫌有腥味，现在每天早上都要吃两个水煮蛋才去上学。

陈大龙：田总，那咱们的福利商品还要继续上吗？这每上一单都是要亏钱的啊。

田应强：上，当然要上了。沃纳川生态农业是丰泽实业旗下第六个公司，是最年轻的，也是最有发展前景的。所以，不但要保障品质，还要保证品牌，最重要的是老百姓得买得起。

李长秀：可是，有个别消费者留言反映说咱们的品类太少了，能不能再增加一些呢？

陈大龙：这我正跟田总商量呢，能不能把西塬阳郭镇的猕猴桃给加进来。

李长秀：就是那个咱们公司连续五年帮扶的助农对象吗？

陈大龙：对，田总不是一直主张着说扶贫要扶根吗，自从公司请来了西北农林科技大学的刘教授每年指导，促进了增产增收，他们的猕猴桃现在可有名了。但是今年受疫情影响，种植户都犯愁销路，结果田总号召着70 多家企业认购，大家都说好吃，这一下子就销出了一半。

李长秀：那当然啊！田总可是渭南市青年企业家联合会会长啊。别说猕猴桃了，丰原镇、崇凝镇那些滞销的扶贫产品都被以购代捐买走了。

田应强：嗯，以购代捐可以，但要上沃纳川平台的农副产品啊，必须是全国最优质的，从源头到餐桌的每一个细微环节都不能有任何一点点瑕疵。所以，还是要请农业专家来共同测评之后再说。

陈大龙：可是……

田应强：别可是，没商量。

陈大龙：你看你看，你这犟脾气又上来了，跟那回一样！

田应强：（笑）咋啦？不服气啊？来来，再吵一次？

陈大龙：服，服，行了吧？

李长秀：陈经理，您，跟田总吵架？什么时候的事？

陈大龙：嘿，都十几年前的事了，要不是那次吵架，可能就没有丰泽公司的今天……

第二场

【田应强家】

田应强：爸妈，我回来了啊。爸，咋啦，我妈说身体不舒服啊？

父　亲：（生气）哼！真是稀客啊，十几天见不着影儿，啊？今天舍得回来？

田应强：你这说的，爸，我这不是忙吗。

陈大龙：叔，我也来了。

母　亲：大龙来啦？你别听你爸说，他就是想他儿子了，非得让我打电话，装病。

父　亲：这……谁装病？我就是不舒服。

陈大龙：（笑）叔，我看哪，您是心里不舒服吧？得，我们买了您最爱吃的菜，晚上让强子露一手，做一桌好吃的给您赔不是，行不？

田应强：就你会说！行，我去做饭，赶紧吃，吃完跟你谈正事。

陈大龙：别等吃完饭了，来，我给你打下手，把门关上，咱俩厨房谈。

【客厅电视声，后传来厨房的争吵声】

陈大龙：我说强子你是不是疯了？（田应强：闭嘴！）不闭！是，咱们这两年是承包了火车站的业务，挣了点钱。但你也不想想，现在是啥时候？啥环境？像咱们这样的小企业，能存活就是万幸，还要挑战？

田应强：我知道，所以我才这么决定啊。

陈大龙：你知道还敢硬干？他们铁路是多少年的"铁老大"，不比咱有钱？人家说要压缩开支，你不但不减员还要加人手，这哥几个吃了多少苦才看见点亮堂，你是想让大家伙再回到解放前吗？

田应强：什么意思，谁回解放前，你才回解放前呢。

陈大龙：行行行，不跟你吵。

父　亲：哎，他俩咋还吵上了？说啥呢？

母　亲：说什么回到解放前。我说你呀，强子在外面就够忙的了，你平时没事就别给孩子添乱了，还装病。

父　亲：我添什么乱了？活该，一天到晚瞎折腾，你说说，啊，从国营厂下岗了吧，非要自己创业，先是销售后是保险的，这两年又干上了个物业。这物业是啥啊？不就是雇几个人给人家擦玻璃扫地吗？

母　亲：你少说两句吧。我看挺好，最起码他那些下岗的小哥们儿都有了工作，没游手好闲！

【厨房里】

田应强：（苦口婆心）行，大龙，我不跟你吵，我就问你啊，你说说，咱为啥做物业？那物业是劳动密集型产业，可以解决多少下岗职工的就业问题啊。（陈大龙：可是……）我再问你，企业发展的根本是什么？是诚信，是责任！咱凭着客户的口碑发展到今天，诚信就是咱最大的优势。所以，铁路的服务赔钱也得做，还得做得更好！

陈大龙：说得倒好，那明年咋办啊？总不能一直赔钱干吧？

田应强：哎呀，困难都是暂时的，我们得先对客户负责，续约服务一年，挺一挺就能度过困难期了。

【厨房门被拉开】

田应强：爸，你来干吗呀？

父　亲：行啦！你们赶紧回公司吧！我病好了！（低声）一天天的，男子汉做事就得有始有终，不能半路撂挑子！饭怎么还没好啊，我快饿死了！

（众人欢笑）

第三场

【办公室】

李长秀：为啥赔钱干，你还服他呢？陈经理，你说话啊！

陈长龙：唉！那年好歹是挺过来了，没想到第二年陕西建高铁，西安铁路局的王主任直接找上门来，说，（模仿王主任语气）小田同志啊，我听说了，你们丰泽公司真不错，年轻人，有魄力，有诚信，以后西安高铁站的物业服务就外包给你们了！

李长秀：啊？真的？这就是塞翁失马焉知非福啊。

田应强：别听他胡说八道！人家铁路那么大的项目，还能领导找上门来？这个项目可是咱丰泽正式通过招投标程序激烈竞争拼下来的，不过，诚信经营的良好口碑倒是真的啊。

陈大龙：唉，那时候的物业市场混乱，西北老百姓都不知道什么是物业。田总一直在向政府建议规范物业管理市场，权责分明，让公司有服务标准，让业主有法可依。好在没过多久，陕西省和渭南市物业管理条例就陆续出台了。

李长秀：天哪，田总，我都开始有点崇拜你了。

田应强：别别别，你可别崇拜我。说真的，虽说丰泽近几年又拓展了建筑装饰、餐饮、安防管理、文化传媒，现在还进军着生态农业领域，但这些都是基于最早的物业托管起家的，西安马上就要召开十四运了，西安站、西安南站就是西安给来宾的第一印象，大龙啊，你一定要打起十二分精神来，把这两个窗口给我擦亮！

陈大龙：你放心！我一定让全国参会的嘉宾晃得睁不开眼！（笑）

第四场

【家】

【电视里正在直播十四运会火炬传递渭南站现场，同期：今天，十四运会和残特奥会火炬传递活动来到渭南市区站……】

妻　子：爸，妈，直播开始了。儿子！快来看你爸爸！

儿　子：哎呀，你别说话，我看着呢！

父　亲：好，好，我们强子好样的！

母　亲：别说话，安心看电视。唉，要不是我今天感冒了，我们都去现场给他加油多好啊。

妻　子：没事的妈，现场人多，太挤，咱们在家看得更清楚。

儿　子：快看，快看，我爸！我爸开始跑了！爷爷！您看我爸的火炬！举得多高啊！（父亲：哎！看到了，看到了！老婆子！要是让我去跑啊！我的火炬举得比他还高！）

母　亲：吹牛！

【众人欢笑】

渭南市创业明星、渭南好青年、渭南标杆人物、西部（丝路）风云人物、渭南青年五四奖章获得者、连续三年优秀市人大代表、2020年全国向上向善好青年之扶贫助困好青年……诸多荣誉加身，田应强却说："荣誉不是光环，而是人民对我的信任。"他将继续为社会和谐、经济发展、家乡建设以及群众幸福生活贡献自己的力量。

冯安荣

冯安荣

冯安荣，男，1971年5月生，陕西富平人，陕西省十三次党代会代表，渭南市五届人大代表，农业技术推广研究员，富平县农业农村局党委委员、农业综合执法大队大队长。

他常年深入生产一线，解决了多项生产难题。2010年，小麦吸浆虫在关中麦区大面积暴发，他积极开展试验研究，及时提出了"以成虫期为主，蛹期为辅，分级化防"的防治策略，并积极组织建立防治示范区，累计挽回粮食损失4.06亿斤。近年来，他先后主持开展夏玉米超高产栽培、温室蔬菜无公害栽培等课题研究，组织编写《温室樱桃栽培技术》等4项市级技术规范，编写《有机农业种植技术探究》专著一部，在《西农学报》等学术期刊撰写发表科技论文10余篇、科普文章30余篇，解决了生产中的多项技术难题。他30年如一日，坚持宣传推广农业科技，先后引进推广病虫绿色防控等农业新技术20余项，为区域农业技术水平提升做出了突出贡献。

他在农业农村领域取得的成绩，赢得了组织和群众的满意，也展现了人大代表的优秀风采。他先后被评为陕西省"三五"人才植保专家团成员、渭南市管拔尖人才、市三三人才第一层次专家、市农业专家服务团专家、富平县乡村振兴农业专家服务团团长。2013年被评为全省防虫保粮突出贡献科技工作者，2018年被评为全国农业先进工作者，2020年被评为享受国务院特殊津贴人选，2021年被表彰为全省优秀共产党员。个人先后获得"全国优秀科技工作者""渭南市'创先争优'优秀共产党员""渭南市科技英才""行业标兵"等荣誉称号及陕西省"五一"劳动奖章。

"泥腿子"下乡记

——根据渭南市五届人大代表冯安荣事迹创作

【 主要人物 】

冯安荣　男，50余岁，渭南市五届人大代表、富平县农业综合执法大
　　　　队大队长

冯雨涵　女，15岁，冯安荣女儿

刘天平　男，50余岁，北甫村农民

李小峰　男，30余岁，水利员

【自行车铃声，鸟语花香的村道】

冯雨涵:（喊）爸，从富平到贤镇快18公里了，为啥要骑自行车吗！

冯安荣: 我曾经骑着自行车，在这儿做了十年农技推广。今天也带你下乡
　　　　看看！

冯雨涵: 别的爸爸都带孩子上游乐园，你却带我下乡！

冯安荣: 应该学着去了解和热爱你的土地嘛。雨涵你看，这片土地上的每一处
　　　　地方可都有你爸的脚印，当年啊，我可是踩着泥土伺候这些庄稼呢。

冯雨涵: 难怪人家管您叫"泥腿子"人大代表呢。呀，大地一望无际，都种什
　　　　么庄稼？

冯安荣: 主要种小麦。丰收的季节，风吹过麦田，发出沙沙的声音，我觉得就
　　　　是世界上最好听的声音！

冯雨涵: 爸，这么多地，能产多少小麦呀？

冯安荣: 一亩地没有虫害的话，能产1000斤。

冯雨涵：有虫害呢？

冯安荣：那你得看是啥虫了，如果感染了我研究过的吸浆虫，80% 的产量就没有喽。

冯雨涵：（惊讶）天哪，那农民伯伯吃啥呀！爸，现在有办法了吗？

冯安荣：（笑）有。来来来，我观察到，小麦的穗子里有个隐壳，扬花期的时候呢，这个隐壳会打开，小麦吸浆虫就在这时候钻进去产卵，一周后，隐壳闭合，再打药就没用了。所以，发动农民在这个星期里打上一到两次药，虫害就能解决。

冯雨涵：这么简单？

冯安荣：说起来简单，农民不知道啊，那时候我和电影放映员一起下乡，每回电影开始前，我先做五分钟技术推广，有时候回来都 12 点了，4 月天的夜里，多冷啊，可我觉得有乐趣。

冯雨涵：你真棒。那我就原谅你每年下乡 120 多天，总不在家了吧。

冯安荣：哎哟，我闺女的夸奖比蜜还甜。

【自行车铃声、农机声，远远有人争吵"你这水咋放的""嫌我放不好，你放"】

冯安荣：咋回事？我们看看去！

李小峰：这是公家水利站，老汉你可不敢诬赖人！

刘天平：我咋诬赖你了？你自己看看，我们村的麦苗全黄了，隔壁村还绿绿的，你放的不是关系水是啥？！你收啥好处了？

李小峰：（生气）我收啥好处了！有证据你拿出来，拿不出来，这憋屈我不受！

　　　　　（扯住刘衣襟）

冯安荣：（喊）撒手！你咋回事，哪能上手了！

刘天平：哎呀！冯队长，你可算来了！水利员不给我们村放水，这麦苗都枯死了，他们得赔啊！

李小峰：天地良心啊，我是严格按照时间表放水的，（拍纸）你看，这一溜小麦冬灌时间是凌晨 3—5 点，轮到那一溜是 6—7 点，不敢放错。

冯安荣：我看看（接过本子），嗯，你确实放水了。

刘天平：（喊）哎呀！冯队长，你屁股到底坐哪边啊！（哭）你看看，麦苗死了，明年我们吃什么？你是人大代表，你咋能骗人民吗！

冯安荣：老刘，咱要尊重事实。这水是放了，但是呢，放错了。

李小峰：我咋放错了？

冯安荣：今年冷得特别早，但你执行的还是正常放水时间。凌晨 3 点多温度太低，小麦吸水后很快结冰，细胞破裂，没出三五天，麦苗肯定得黄；那一溜 6—7 点灌溉，就没出问题。关键在这里。

李小峰：那我接下来咋放水吗？

冯安荣：这一片接下来出太阳后灌溉，慢慢地麦苗能活。

刘天平：能活？（擦鼻涕笑）我信你！

冯安荣：（打趣）我这人大代表没骗你吧？——哎，老刘啊，你们北甫村今年夏粮种得咋这么少？你看隔壁村这大片绿得都没边了。

刘天平：（叹气）唉，哎呀！这还不是缺水，不然我哪能跟水利员急。

冯安荣：不对啊，这一片是引黄灌区，不缺水。

刘天平：我们村没修好支渠，只能看水，不能用水，十来年的"水中旱"了。没水，别人一亩能收 1000 斤，我们只收 600 斤。

冯安荣：你带我去看看具体情况。

【自行车铃声】

冯雨涵：爸，我呢？

冯安荣：跟上！

【转场】

【深夜，虫鸣声，室内】

冯安荣：闺女，还生气呢？

冯雨涵：那天骑车累个半死，最后我还得跟你去办公。你又不是村主任，管人家闲事干啥？

冯安荣：我是人大代表啊，人民的问题，不看到、不反映、不解决，那咋叫代表人民了？

冯雨涵：人大代表是紧箍咒吗？

冯安荣：（笑）是责任。你看，我已经就北甫村"水中旱"的情况整理出了一份建议，不仅反映问题，还包括修建支渠、加强水利管理、水费公开公示等内容。县上很重视，问题很快就能得到解决！

冯雨涵：爸，每次说到工作，你就特别来劲儿，工作很好玩吗？

冯安荣：有乐趣。我是农村出来的"泥腿子"，现在能通过自己的努力，搭好老百姓和政府之间的桥梁，让大家日子越过越好，多开心哪。

冯雨涵：那下回你再带我下乡吧。

冯安荣：不嫌弃"泥腿子"了？

冯雨涵：我也想向你学习，你是"大泥腿子"，我是"小泥腿子"。

冯安荣：好好，"小泥腿子"好好学习，以后也为人民服务！

【二人笑】

冯安荣，渭南市五届人大代表，农业技术推广研究员，现任富平县农业农村局党委委员、农业综合执法大队大队长，陕西省"三五"人才植保专家团成员，省第十三次党代会代表。任职以来，他时刻铭记作为一名农业人，一定要当为群众讲实话、办实事的人大代表，他积极开展调研，及时向人代会撰写建议，解决人民群众生产生活中的实际问题。他常说，再大的事情大不过农民的事，农业人必须始终坚守在老百姓最需要的地方，出现在老百姓急需的时候，只有这样才能真正为父老乡亲排忧解难，做好身在田埂心系三农的人大代表。

成秀勤

人物
小传

成秀勤

　　成秀勤，女，1978 年 2 月生，陕西白水人，陕西省十三届人大代表，白水县兴华果蔬有限公司总经理。

　　多年来，她致力于推动白水苹果产业化步伐，积极探索"公司＋农户"发展路子，兼顾果农、果商、企业等各方利益，成为带领群众以果致富、以果兴农的贴心人，自身企业成为白水苹果产业服务型、示范型、带动型龙头企业。自 2009 年以来，在她的组织推动下，企业实施了"组培自根苗木繁育"建设工程，年繁育组培自根砧苗木 150 万株，中间砧苗木 50 万株，该苗木繁育工程的建设支撑引领了苹果树由乔化型变矮化型的树型调整步伐；实施了"果品深加工厂"建设工程，该加工厂的建设提高了残次果附加值和果农收入，年产 1500 吨苹果深加工系列产品；实施了"万头养殖场"建设工程，在当地闯出了一条以畜促果、以果带畜的有机生态果园新路子；实施了"有机肥厂"建设工程，年产有机肥 10000 余吨，有机肥可以改变作物品质，提高作物产量，提高肥料利用率，降低生产成本，促进作物高产稳产；实施了"1000 亩标准化苹果示范园"建设工程，年可产鲜苹果 3000 吨，该示范园的建设可使周边受惠农民达 10000 人左右，在提升果农务果水平，推动科学技术快速转化为生产力方面起到了积极作用。个人曾担任渭南市果业协会副会长，被授予"巾帼创业先锋"等荣誉称号。

担任人大代表以来，她更加注重让企业回报社会，热心参加脱贫攻坚、扶弱助困等社会公益事业，在疫情防控、帮扶救灾、慈善救助、关爱弱势群体等方面做出了应有贡献。

扫码收听
本剧音频

成秀勤的一天

——根据陕西省十三届人大代表成秀勤事迹创作

【主要人物】

成秀勤　女，中年，陕西省十三届人大代表、白水县兴华果蔬有限公司
　　　　总经理

小　田　男，青年，司机

李经理　女，青年，基地负责人

张　工　男，中年

门　卫　男，中老年

庞主任　男，中青年

赵总工　男，中年

杨秀峰　男，中年

第一场

作为一名共产党员、省人大代表，成秀勤似乎从来没有属于自己的时间，
每一天她都奔跑在路上，从乡村到城镇，从清晨到夜晚……

【成秀勤家，院外，清晨，成秀勤开门上车】

小　田：早上好成总。

成秀勤：哎，小田早！

小　　田：这才 6 点多，这么早就去公司啊？会议安排在 9 点开！

成秀勤：小田，咱不去公司，去杜康镇杨下村苹果基地看看。

小　　田：几十里路呢，9 点怕是回不来啊！

成秀勤：忘了告诉你，今天的行程有所调整。7 点 30 分西农大的专家要去基地考察，9 点我们要赶到杜康酒厂。

小　　田：哦，知道了，那您在车上休息一下，到地方我会叫醒您。

成秀勤：（打哈欠）好……还真得睡一会儿，昨晚赶写一个代表建议，3 点多才睡。小田，你也别着急啊，提前十分钟到就行。

小　　田：好嘞，成总！（车内广播电台《在希望的田野上》旋律十秒左右。汽车的发动机声）

小　　田：成总，成总！

成秀勤：哦，到了。

小　　田：嗯，到了。要不要我跟着你啊？

成秀勤：不用，你在车里等就行，顺便通知各位老总，上午 9 点的会议咱们改到下午 3 点在托管园召开！

小　　田：好的。

【关车门声，脚步声】

李经理：成总，您来了！

成秀勤：李经理，张工他们还没到吧？

李经理：快了，也就是十几分钟的事。成总，我研究了一下张工的可行报告，这事大有可为啊。

成秀勤：这也是我急着赶来的原因啊。

【汽车发动机声，鸣笛声，关车门声】

成秀勤：张工，欢迎欢迎！

张　　工：哎呀，成总，您这么早就到了。昨天我参观了你们的基地，"企业＋高校＋基地""产学研结合"，这种模式好啊。通过昨天调研的情况，我看苹果基地的残次果质量和生产脱水产品都达到国标以上。我估计，你们的生产能力提高到 1500 吨没啥问题。

成秀勤：那可太好啦！按您这么说，我的 2300 万元算是没有白投入。仅收购

原料一项就能让全镇农民增收 600 多万元，还能安置富余劳力 600
多人呢。

张　工：那当然了，这笔账啊，我早就替您算明白了！

成秀勤：是吧张工，这军功章上有你的一半啊。

张　工：哈哈哈，我可不敢贪功。

成秀勤：下午农科院的赵总工来果园指导托管项目，您要感兴趣，也一起去白
水仓颉庙看看，（张工：可以）我让李经理陪着。我下午还要去杜康酒
厂！晚上咱们农家乐见！

张　工：好啊，我和老赵几个月没见了，没想到能在白水见一见。

李经理：成总，您放心，我一定陪好张工。

成秀勤：好嘞。（上车）小田，去杜康酒厂！

【汽车发动机声】

第二场

【车行驶，车上响起《好日子》背景音乐】

小　田：成总，去杜康酒厂干啥？咱们的苹果酒要和他们联营吗？

成秀勤：仓颉造字、杜康造酒、雷公造碗、蔡伦造纸，咱白水四圣久负盛名。
这几年为了杜康酒业的发展，县上费了不少心思。在省人代会上，我
提出了《支持白水杜康白酒产业发展的建议》，不知道落实得啥情况，
不看看这心里放不下啊。

小　田：工业上的事您也跟着操心！

成秀勤：种地不交税，这是历史上对农民最大的解放。可农业富民容易，强县
难，只有用工业的思维抓农业，促进农业向工业模式转化，才能增加
地方财政收入，才能有钱修高速建公园啊。

小　田：成总，杜康酒厂到了，要不要把车开进去？

成秀勤：不用，咱们下去走走！

【停车，关车门】

门　卫：请问你们找谁啊？

小　田：我们去销售部！

门　卫：哦，销售部，来登记一下。（嘟囔）哎呀，最近来厂里的人怎么这么多，登记好了哈？进门沿着这个指示牌往左拐就到了。

小　田：谢谢师傅！（脚步声）去总裁办？

成秀勤：不，随便走走。（微信提示音）呀！小田，县党代会刚刚出台了与省政府政策相互呼应的《关于加快白酒产业健康发展的意见》，杜康酒厂的春天来了。

小　田：那我们……

成秀勤：回去，去果园托管基地！

【脚步声】

小　田：师傅，谢谢啊。

门　卫：哎不谢。你们二位没见着人就走啊，我可以给你们打电话啊！

【车启动，有人快步跑过来】

庞主任：这不是省人大代表成总的车吗？（埋怨）哎呀！老张，你咋不早打招呼，成代表的建议可帮了咱们的大忙！

门　卫：（自言自语）啊？成秀勤啊，成代表，我就说眼熟嘛！

【汽车行驶，歌曲《在希望的田野上》】

小　田：成总，车上就这几首歌，有点暴露年龄啊！

成秀勤：就你想得多，这40多岁的人了，老歌是咋也听不够。咱路上随便吃一口垫垫，下午1点30分必须赶到苹果托管园！

小　田：好嘞！

第三场

【鸟叫声，果园托管基地】

杨秀峰：赵总工，张工，要不是成总，我做梦也不可能这么快过上好日子，我把地给了兴华公司，树苗、投资都是公司的，年底分红，我每亩地能拿5000多块钱。

赵总工：像你这样托管的农户有多少？

杨秀峰：应该有230多户吧。

李经理：不是230多户，是258户，他们的果园全部由咱们公司托管，实行统一的经营管理。今年的有机肥就施了 400 多吨，花了 80 多万元。

张　工：嚯！难怪白水这儿的苹果好吃！

【众人欢笑】

【成秀勤的车驶来，下车】

成秀勤：赵总工，让二位久等了。

赵总工：没有，是我们到早了。我和张工很长时间没见了，没想到会在成总的苹果托管基地碰上，谢谢你呀，成总。

成秀勤：到底是大教授，这说话有水平啊。可是要我说，能把二位专家同时请到白水，这是我成秀勤三生修来的福报，也是白水果农修来的福报。

二专家：可不敢这样说，成总才是白水果农的福报啊。

杨秀峰：成总和专家说得都对，你们都是白水果农的福报。*（起哄应和）*

成秀勤：杨大哥，快抱孙子了吧？

杨秀峰：还有不到两个月。

成秀勤：好哇，马上能喝喜酒了。哎，儿子儿媳妇在哪儿上班？

杨秀峰：在深圳打工。

成秀勤：哦，那就把儿子和儿媳妇都叫回来吧，来公司上班。

杨秀峰：来公司上班？可，这个——

成秀勤：我知道你是在顾虑工作岗位的事。放心吧，杜康镇周围的情况是男务工、女管娃，果业用工大，村里的季节性用工留不住壮劳力。前几天我参加了市人大组织的代表调研，发现白水的苹果都进入 4.0 时代了，还没有一个上规模的现代化的纸箱厂，我打算投资建厂，已经开始立项了，到时候把村里务工人员都接纳进来！

杨秀峰：太好了成总！

成秀勤：赵总工、张工，你们可得替我们果园托管把把脉啊。

张　工：放心吧成总，这是赵总工的强项！

赵总工：成总，果园托管的核心是重视果品品质的提升和品牌塑造，一园一策、因地制宜。

成秀勤：看来赵总工心里早有数啦，那我就放心啦，把这 1700 亩果园交给你，以后可能是上万亩。

赵总工：哦哟！上万亩？好哇。我们有的是技术团队的支持。

成秀勤：有赵总工这句话我就放心了。

李经理：成总，公司的中层到齐了。

成秀勤：好。马上过来。（对二人说）赵总工、张工，管理层都到了，请二位专家好好给我们说说这一园一策的事。

二　人：好。走。

【电话铃声】

成秀勤：（接电话）喂？马行长，我在杜康镇苹果托管中心。下午5点30分？好，我忙完这边的事马上过来。（挂断电话）

成秀勤：对不起啊，赵总工、张工，银行马行长让我下午5点30分过去，就谈我们刚才说的纸箱厂资金的事。这样吧，咱们吃饭时间稍晚一会儿，晚上7点好吧，我一定陪二位专家吃顿白水豆腐宴。

【二人应和】

对于成秀勤来说，这只是普通得不能再普通的一天，却让我们看到了一个共产党员、一位人大代表的坚守，也看到了乡村振兴的希望……

朱锋

人物
小传

朱　锋

朱锋，男，1971 年 8 月生，陕西渭南人，渭南市五届人大代表，临渭区商务局党工委书记、局长。

多年来，他先后在临渭区基层政府及区直有关部门工作。在区民政局工作期间，2004 年被渭南市人民政府授予"全市救灾先进个人"称号，2006 年被渭南市委、市政府、市军分区授予"双拥工作先进个人"称号。在阳郭镇工作期间，主导开创了乡村脱贫攻坚产业升级、土地化零为整的"高李模式"，猕猴桃产业示范园成为省市示范案例，阳郭镇被列为全省移民搬迁示范镇、国家级重点镇、全市城镇建设示范镇。2018 年担任区商务局党工委书记、局长以来，通过深入调研，找寻临渭商贸经济和商务工作的着力点和发力点，通过争取项目资金，完成了便利店和农贸市场升级改造项目，信达梧桐里步行街被确定为全省首批示范步行街，信达和宏帆广场步行街已申请为省级夜间经济示范街区项目；完成申报国家级 15 分钟生活圈示范城市调研工作，渭南市成功被评为第一批全国 30 家

15 分钟生活圈示范城市之一;积极组织各类促消费活动,临渭区电子商务工作进入全国前 200 名,个人连续多年被评为临渭区优秀公务员。

担任渭南市人大代表以来,他积极参加市人大及其常委会组织的代表培训学习和工作调研,并提出针对性的工作建议。多年来,他认真按照市、区两级人大常委会的安排要求,深入农村、社区和企业,听取群众呼声,反映社情民意,积极建言献策,全面认真地履行了人大代表的职责使命。2019 年被评为渭南市优秀人大代表,近几年朱锋先后被聘任为市廉洁征兵监督员、市税务局税务特约督察员。

越来越好

——根据渭南市五届人大代表朱锋事迹创作

【 网络直播声 】

丹　丹：爸，我两个星期才回来过个周末，你也不理我，我看看你干啥呢！

朱　锋：别闹，学习着呢！

丹　丹：啥学习！我看看……嘿，老朱同志，时髦啊！看直播带货啊？

朱　锋：网上不是好多主播带货助农吗，我学习学习人家都是咋弄的。

丹　丹：学这干啥？你想当网红啊？

朱　锋：我们局里准备牵头成立一个电子商务协会，下面设一个直播协会。

丹　丹：为啥？

朱　锋：前阵子我去基层调研，发现农村产业链亟须提升，尤其在农产品销售
　　　　这一块，渠道太单一。我问你啊，你在城里买一斤蓝宝石葡萄多少钱？

丹　丹：超市里怎么也要10多块吧？水果店可能更贵。

朱　锋：可是你知道外地客商给种植户的收购价是多少吗？5块！就这还想

压价呢。

丹　丹：啊，差这么多！那大部分的钱不都被中间商赚走了？

朱　锋：对嘛！我是临渭区商务局局长，又是市人大代表，是不是得想点办法呀？

丹　丹：乡村振兴中加大农村产业发展支持力度，延伸农村产业链……这是您接下来准备提出的建议？

朱　锋：既然知道问题出在哪儿，那就打蛇打七寸。必须想办法减少中间环节，让农民丰收也能增收！

丹　丹：您看直播带货……是想搞直播，网上销售农产品？

朱　锋：这只是其中的一部分，线下渠道也很重要！

【办公音效】

徐经理：朱局长，你亲自找我谈了这么多次，我明白你们临渭区商务局是很有诚意的，也不是我不想把永辉供应链落地在这儿，但是我们总得有个办公场地吧？

朱　锋：办公室的事儿我来想办法，肯定给你们解决了！

徐经理：那……我得去实地看看农产品质量到底咋样！

朱　锋：那更没问题了！我来安排！

【车声】

朱　锋：秀英姐！

秀英姐：朱局长！你咋来了？

朱　锋：我到村里来看看！你们这葡萄长势不错啊！

秀英姐：今年天气好，葡萄甜度也好。来，你们尝尝！

朱　锋：嗯，确实不错！是吧？

徐经理：甜！

朱　锋：今年能收多少斤？

秀英姐：我估算着，怎么也有两万斤左右吧。唉……

徐经理：大丰收啊！你怎么还叹气？

秀英姐：丰收有啥用，价钱卖不上去！我家老周这段时间都在外头跑，就是不甘心贱卖，都是辛辛苦苦种的啊！

朱　锋：秀英姐，别急，办法肯定会有的！

【乡村音效】

徐经理：朱局长，不会是你安排好让我听见这些话的吧？

朱　锋：我哪有那么"狡猾"。咱就是对基层的情况比较了解。你看看——

徐经理：这一带葡萄种植户很多啊。

朱　锋：这只是一个村。我们临渭区光葡萄种植就有 26 万多亩，还有黄桃、猕猴桃等多种水果。其中有不少是地理标志产品、全国优质水果 50 强。水果种出来了，农民增收情况却不理想。为啥？就是销售渠道不畅！

徐经理：所以你就盯上我们了？

朱　锋：永辉可是上市集团，大型的连锁超市，全国有 1000 多家门店！其实，不光永辉，京东、阿里巴巴、华润万家我都在联系！

徐经理：行，我服了你了。朱局长，这个供应链协议，我跟你签！

朱　锋：好！不瞒你说，办公室我都帮你们准备好了！怎么样？服务到位吧？

【直播带货教学视频："阳光玫瑰"开箱】

朱　锋：直播带货培训做了 30 多期，先后培训了 3000 多人，你们的团队也越来越成熟了。中秋直播，大家有没有信心？

【团队加油声】

小　珂：备货的冬枣、桃子、"阳光玫瑰"葡萄都卖光了！

朱　锋：直播顺利结束，这段时间大家辛苦了！市里、区里给的资金奖补很快就到位！

小　珂：朱局长，我们商量过了，把这次的奖金都给贫困农户，为扶贫工作尽一份力！

朱　锋：好！党员带头的红色直播间，觉悟就是不一样！

小　珂：我们得对得起身后的这面党旗呀。下一次直播主题我都想好了，直接到种植园，在田间地头做直播，把农户变成批发商！

朱　锋：这个想法好。我还要告诉大家一个好消息！经过这段时间线上线下销售齐发力，截止到 8 月，临渭区农产品销售额已经达到 1.3 亿元！其中线上销售 5000 万元！

小　珂：我记得上课的时候说，去年全年线上销售是 3000 万元！

朱　锋：对！今年比去年增长不少，感谢大家的努力，让我们再接再厉！未来
　　　会更好！

【众人鼓掌，齐声：越来越好！】

朱锋，渭南市五届人大代表。现任临渭区商务局党工委书记、局长，局机关党支部书记。多年来，无论是担任乡镇主要领导还是担任部门领导，他始终牢记全心全意为人民服务的宗旨，忠实依法履行代表职责，坚持把"听党话、跟党走、坚定信念、树风范、心怀大局、共谋发展"作为工作的出发点和落脚点。2018年担任临渭区商务局党工委书记、局长以来，团结带领区商务局党工委，以党建为引领助推区属国有商贸企业改革发展，创造了独有的临渭模式，赢得了党员、干部、群众的广泛赞誉。

朱红伟

朱红伟

朱红伟,男,1969年11月生,陕西渭南人,渭南市五届人大代表,渭南金宇置业有限公司董事长兼总经理。

1988年中学毕业,他先后在渭南市面粉厂当工人、从事个体小客车运输、承包建筑工程施工,2006年创办民营企业渭南金宇置业有限公司,从事房地产开发经营业务。多年来,在从事房地产开发、建筑工程、物业服务等实体企业经营中,狠抓内部管理,严把工程质量,树立了良好信誉。他关心家乡失地农民生活问题,及时兑付农民工报酬,救济困难农民工,在十余年企业开发经营过程中,始终不忘带领群众实现共同富裕目标,企业累计吸纳农民工和贫困就业人员超过3000人。他大力支持和鼓励农民工学技术、搞创业,扶持和培养了多名土建工程、水电安装、铝材加工、园林绿化等方面的带头人,在致富路上手拉手、心连心,受到当地群众广泛赞誉。他时刻不忘作为企业家的社会责任,在疫情防控中,他坚守防控一线,积极捐资捐物;在脱贫攻坚工作中,他与社区扶贫工作组一起,大力发展支柱产业，使家乡贫困户实现脱贫。

担任市人大代表以来，他时刻牢记使命，认真履行职责，积极建言献策，努力为民排忧。他深入实际，调查研究，围绕渭南城市经济发展、房价稳定、生活环境改善等民生问题，提出了多项合理化、科学化建议。他针对群众关注的城市停车、改善卫生现状、提升居住环境等热点、难点问题，深入调查，认真分析，找准症结，提出解决办法，得到相关部门高度重视，有关建议被列入民生工程和重点项目，为推动渭南中心城市建设和发展起到了积极作用。

这账我会算

——根据渭南市五届人大代表朱红伟事迹创作

【主要人物】

朱红伟　男，50余岁，渭南市五届人大代表、渭南金宇置业有限公司
　　　　董事长兼总经理

助　理　男，30余岁，渭南金宇置业有限公司工作人员

其他人员若干

　　从塑料地膜集中回收处理到临渭区污水处理厂建设，朱红伟把环资账算得明明白白，然而令人不解的是朱红伟却始终算不明白心里的那本民生账。

第一场

【建筑工地，朱红伟正在检查】

朱红伟：这是谁做的设计图？把人给我找来！

员　工：好的，朱总。

助　理：朱总，您找我？

朱红伟：你算是老员工了，知不知道为啥找你！

助　理：知道，是绿地面积不够嘛！

朱红伟：知道就好，我说了多少次了，咱金宇置业的楼盘必须处处见绿！

助　理：可是，咱小区的绿地已经比其他楼盘多多了！

朱红伟：要严格按照国家标准，不打折扣地算！

助　理：那就得少盖一栋楼，少卖不少钱呢！

朱红伟：改善渭南人居环境，是我作为人大代表提出的建议，我不带头谁带头？就这么定了，再增加3%的绿地！这账我会算！

助　理：好的，朱总。

朱红伟：咋还站着不动？

助　理：朱总，其实有一件私事就想请您帮一下忙！

朱红伟：私事？要是违法乱纪的就别开口了，其他的说说看！

助　理：是这样，我媳妇买卖做赔了，没了生计，您看能不能安排进咱的公司啊？

朱红伟：赔了？我看春红的面馆不是红火着吗。

助　理：还不是疫情闹的，一条街上商铺倒下一大片！

朱红伟：（沉吟）这样，你跑一趟公司，看一看有多少商铺租咱的房，我建议把这个月的租金都免了！

助　理：这可是大好事，谢谢您！谢谢您！免了租金我媳妇的买卖就有救了，我这就告诉我媳妇去！（拔腿就跑）

朱红伟：（笑）就是个属兔子的！

第二场

【人大讨论】

代 表 甲：朱红伟代表真是好气魄，我听说一下子免了十几户门店的租金，二三十万元哪！

朱 红 伟：疫情嘛！能出点力就出点力，这账我会算！

人大领导：是啊，一场疫情让我们看到了各位代表肩负的社会责任感，捐款捐资、建口罩厂，各位代表一件都没落下，我要代表老百姓感谢你们。

朱 红 伟：说的哪儿的话，我们做得还不够嘛，我恨不得把失业人员都拉到公司里……

代 表 乙：就是，就是！

人大领导：代表们的心情我都理解，作为民营企业，你们也不容易。哪个不是都安排了上百人就业？

朱红伟：所以我要再一次提出建议，尽快打通车雷大街断头路！尽早缓解疫情影响，助力经济复苏。

代表甲：朱总，这我就不明白了，车雷大街断头路和经济复苏有啥关系？

朱红伟：关系大着呢，车雷大街位于西岳路北段金水公园附近，居民不算少。现在疫情平稳了，人在屋子里关了几个月，都想出来走走，可惜路不通，所以我建议尽快改善一下周边居住环境。

代表乙：还真是啊。

朱红伟：这环境改善了，人就多了嘛，等疫情过去，一切不就好起来了吗！

代表甲：别说，细细琢磨朱总说的是个理儿！我同意朱总的建议！

代表乙：我也同意！

人大领导：谢谢朱红伟代表，你的建议已经以正式建议方式发往渭南市市政工程处，市政部门答复再过两个月车雷大街延伸工程就能完工，到时候你朱总可得捧捧凉粉摊子的场，可不能嫌弃农家的饭！

朱红伟：哪能呢，我就是个农民，凉粉吃得惯，我一顿能吃三碗凉粉呢！

代表乙：朱总，你和我是老代表了，我还记得你提交的第一份建议是塑料地膜集中回收处理，市上第一份建议是在临渭区建个污水处理厂，都是围绕环境做的文章，这回你咋改了方向，关注起了民生？

朱红伟：咋改了方向？没改嘛！市上我不是提了个引黄入渭？咱渭南水资源紧缺，一是靠渭河，二是靠南山支流，黄河就在旁边哗啦啦地白白流走，多浪费呀！

代表乙：有道理。

人大领导：你看看，你们可是冤枉了朱红伟代表，他这个环资工委委员对生态关心得很，比我这个主任还上心，什么秦岭小水电治理、渭河流域禁止挖沙操心得很哪！

朱红伟：既然群众选我当了人大代表，我就得为群众代言，引黄的事太大，何况市上也有了考虑，我还是从小处着手，先关心民生吧！

代表乙：你呀，这一从小处着手又不知道要解决啥大问题了！

第三场

【卖凉粉等小商贩吆喝】

【金宇置业小区门口，车流音效】

助　理：朱总，按照您的指示，咱们小区的绿地面积提高了三个百分点，您还别说，绿地面积一提高，销售量一下子就上去了。以后咱们把小区门前全建成绿地，咱们的楼盘准能都卖上个好价钱！

朱红伟：靠近公园，小区门口的都要建成绿地，城中心那几个楼盘门口做成硬化就成！

助　理：咋了，朱总，这城中心不正应该绿化吗？我敢保证，多一块绿地，我们就能多卖出去好几套房！

朱红伟：现在不是多卖房的问题！

助　理：那是啥问题？

朱红伟：（看着如潮车流）是停车难的问题！

助　理：对啊，我们把门前建成停车场，按小时收费……朱总，这账您算得明白！

交　警：（高喊）朱总，我可寻着你了！

朱红伟：您这是找我有事啊？

交　警：朱总啊，你可给我们出了个大难题，这不，你的《关于缓解渭南城市停车难问题的建议》交给我们了，你们人大代表提出的建议我们非常重视，可你看看哪有空地建停车场啊？

朱红伟：就这事呀王队？

交　警：我的朱总啊，这还不够？几家单位门前倒有空地，可人家职工的车还不够停呢！

朱红伟：王队，地都是国家的，不是某个单位的，修建立体停车场，地上地下，还可以起个二层，职工也可以停车嘛，不就全解决了！这样，我带个头，金宇新开发楼盘门前都建成停车场。

助　理：对，朱总刚才就吩咐了！我算算啊，一小时3块，一层停30辆车，三层90辆……

交 警：你这是算啥呢？

助 理：朱总，这一天停车费 2000 多块啊！

交 警：我说你朱红伟咋提出个这建议，是在算你的经济账啊，一个小区一年 100 多万元，你们金宇置业有多少个小区，朱总，你好算计！

朱红伟：王队，你放心，停车场我们来建，收不收费你们来定，我金宇置业一分不占！

助 理：哎！我的好朱总啊，你到底会不会算账啊！

全
中
心

人物小传

全中心

全中心，男，1958年7月生，陕西韩城人，渭南市五届人大代表，韩城市金城办晨钟村党委书记、村委会主任。

作为村党委书记，他始终以建强支部为有力抓手，在党建工作中，总结出了"一强三带五振兴"党建工作法，在党员管理中开展党员积分制、党员志愿者服务、党员爱心基金等活动，强化党员学习、教育、培训、考核和监督，破解了基层党员管理难题。在日常管理中，他制定了晨操、值班、会议、卫生等各项管理制度，增强了班子的战斗力和凝聚力，村党委获得了"全国先进基层党组织"荣誉称号。他以强村富民为不懈追求，坚持发展集体经济，2003年参与了集体产权制度改革，成立了晨钟置业集团公司；2017年成立了"晨钟村股份经济合作联合社"，全面实现了"资源变资产、资金变股金、农民变股东"。他注重总结发展经验，健全了"党委不包办、村委自治不独断、经济实体依照规范干、各类组织围绕中心转"的晨钟机制，形成了"依法治村、以村促企、以企带村、共同富裕、全面发展"的晨钟模式，创新了"两房、两权、两室、三馆、一章程"的晨钟特色。近年来，晨钟村总产值达到 8.45 亿元，村民人均收入 31500 元。在他的带领下，村集体获得"全国文明村""全国乡村治理示范村"等光荣称号。

担任人大代表以来，他敢于尝试，勇于探索，使村集体经济不断发展壮大。他始终心系群众，把履职热情更多地转化成为当地群众服务的实际行动，提出的建议都是反映基层群众的需要，真正发挥了代表的桥梁作用，赢得了广泛的社会赞誉。

全中心的中心

——根据渭南市五届人大代表全中心事迹创作

【主要人物】

全中心　男，中年，渭南市五届人大代表、韩城市金城办晨钟村党委书记、村主任

群众甲　男，中年

群众乙　女，中年

李局长　女，中年，韩城市交通局副局长

张局长　男，中年，韩城市住建局副局长

村干部　男，中年

村　民　男，中年

韩城市金城办晨钟村党委书记、村主任名字叫作全中心，相熟的人总是开玩笑地问："全书记，在你心里到底哪一样才是中心啊？"全中心往往笑而不答，其实自从成为人大代表的那一天起，他心里的中心只有两个字，那就是"人民"……故事还要从巍山路讲起。

第一场

【巍山路，新老城区连接线，车来车往】

群众甲：哎哟！全代表你能来真是太好了，这条巍山路简直成了我们的心病，新老城区连接线，车多、坡陡、路窄，没少出事，前几天老王家大小子就在这儿走了，给撞的，飞起来了。

全中心：你们没向上找一下？

群众乙：怎么没找？推来推去的，也没有一个解决办法。我们琢磨你不是人大代表吗，替咱呼吁一下。

全中心：快躲开！ *（一辆车鸣笛疾驰而过）（众人惊叫）*

群众乙：你看看多危险！

全中心：这巍山路不能变成夺命路！我这就去人大常委会再反映反映。

第二场

【人大常委会小会议室】

李局长：*（埋怨）*全代表，是巍山路的事吧？就不能私下商量，还弄到人大来，我们交通局也有苦衷啊！

张局长：是啊，都是老关系，有啥事跟我们说不就行了。非弄得这么严肃，这不是让我们住建局难堪吗？

全中心：李局、张局，不是我全中心为难你们，巍山路的事我不是第一次提，都咋解决的？你李局长说巍山路不是等级公路，不归交通管。你张局长说巍山路不在市区范围，不归住建管。你们说的都有理，可这巍山路就没人管了。

李局长：全代表，巍山路的确不是等级公路，我们也只能平整一下，填上个坑洼……

张局长：我们住建局也没有好办法！

全中心：*（急眼）*你没办法，他没办法，所以咱让人大拿个办法，建议我已经提了，总不成弄个质询案。

张局长：你看你，咋还急了呢！

全中心：按理说我就是个村主任，管不到你们这一片，可我还是个往上走谈国事，往下走说民事的人大代表，群众选了我，我就得为群众说话！*（三人沉默，人大领导走进来）*

人大领导：哎哟，老全、老李、老张都来了！怎么着，聊得不愉快？

全 中 心：（闷声）嗯。也不光怨两个领导！

人大领导：怨谁啊咱就不谈了，今天咱们就解决一件事，巍山路改造到底该归谁管，刚才你们也听到了，全代表可要联名提出质询案，90 年代的老代表了，这么多年还是第一次！

李 局 长：领导，我们交通局一定重视人大的建议，回去后我们马上研究解决。

张 局 长：我们也是！

人大领导：这就对了嘛！张局，你们住建局可以研究一下巍山路能不能按环城路处理，加长加宽加固。

张 局 长：按照环城路处理，这是一个好办法，这样很多事就可以顺理成章了。

全 中 心：大家好不容易聚在一起，我还有一件事要提一下，过后会形成建议……

人大领导：（开玩笑）看到了吧，这全代表啊又要给你们出难题了。来，说说看！

全 中 心：还是路的事，象山公园是距离韩城最近的一座公园，可群众啊能看见山却够不着山，能不能把那几公里路修通，这样既能让群众享受到生态建设成果，也能扩大城市半径。

人大领导：嗯！这个建议好，看来啊全主任你不但是一个抓经济的好手，还是个路路通嘛！对了，你那个村办企业股份制改造搞得怎么样，我们可都一直关注着呢！

2017 年巍山路改造项目顺利启动，2018 年晨钟村开始了轰轰烈烈的集体产权改革，全村经济实力不断壮大，形成了"依法治村、以村促企、以企带村、共同富裕、全面发展"的晨钟模式。

第三场

【晨钟村，村民自发敲锣打鼓庆祝产权改革成功】

全中心：好啊，有了这个活动阵地，村风村貌都变样了，你看妇女们不再是闲聊打牌，而是积极参加到锣鼓队、舞蹈队、旗袍队中来，经济发展了，精神文明层次也要提高嘛！

村干部：全书记，这都是咱村民自发的，庆祝咱们产权改革成功！咱一个村总产值就 8.45 亿元，村民人均收入达到 3.15 万元，这可是了不得的成绩。

全中心：还远远不够啊！对了，中小学生的奖学金都发下去了吗？

村干部：您放心，一分不差，就等着奖学大会一起发。合作医疗定额补助啊也都打到个人账户里了。

全中心：那就好，产权改制归根结底是为了让群众受益、让群众满意，这一点就是我们必须坚持的中心。

村　民：全书记，我可找到你了。

全中心：怎么啦，又来跟我提谁创造谁受益？不管我是村主任还是村书记，就一句话，晨钟村的产权改制首先是保证村民利益最大化，其次是企业快速发展，再就是全村的稳定发展。

村　民：嘿！那时候我不是没那么长远的眼光吗，这次我可是来请战的！

村干部：怎么，嫌步子慢了？放心，以后有你干的！

村　民：全书记，咱晨钟村现在可是置业公司、建工集团、酒店旅游、金融服务、商业管理公司五大板块齐头并进，我总觉得又找不到中心了。以后咋干，全书记给咱指条明路啊！

全中心：咋干？别忘了咱晨钟村可是韩城少有的村级党委，党委就要有党委的样，记住，我们的中心只有一个，不断增强基层党组织的凝聚力和战斗力，让村民过上更加美好的生活……（锣鼓声中，有歌谣传来）

社会主义就是好，
党的领导离不了。
党委村委领头雁，
晨钟群众喜开颜。
有楼房，有门面，
有工作，能上班。
集体经济大发展，
家家发得油满罐。

刘安民

刘安民

刘安民，男，1965 年 10 月生，河南扶沟人，陕西省十三届人大代表，原陕西龙门钢铁有限责任公司党委副书记、总经理。

他历任酒钢翼钢总经理，酒钢榆中钢铁公司总经理，宁夏钢铁总经理，陕西龙门钢铁有限责任公司党委副书记、总经理，先后获陕西省"五一劳动"奖章及"陕西省优秀企业家"等荣誉。他怀揣钢铁强国梦，一路风雨兼程，一路披荆斩棘，从一名一线普通工人成长为一名优秀的职业经理人，2016 年被龙钢公司聘任为职业经理人，成为区域规模以上国有企业首个聘任的职业经理人。在龙钢公司任职期间，他推动公司取得了建厂以来较为显著的成绩和业绩，企业建设、生产和面貌发生了巨大变化，企业盈利能力进入行业第一方阵，综合实力和社会影响力跃上新的台阶。他推动建成陕西首家、全国钢铁行业第二家仍在生产的 4A 级工业旅游景区，成为区域首家唯一通过国家超低排放现场认证的钢铁企业，跻身国家级"绿色工厂"。

他参与并带动天津友发、上若泰基等落户韩城，拉动并携手区域内百余家关联企业共同高质量发展，以龙钢为核心的千亿产业集群初具规模。

刘安民是一名怀揣钢铁报国梦想、不忘企业发展初心、牢记职工幸福的优秀职业经理人。担任人大代表以来，他更加不负组织和群众的信任，历次人代会上，他紧紧聚焦县域工业高质量发展，积极提出建议，助力工业转型升级和发展；日常履职中，他善于深入一线、调查研究，认真收集社会各方建议，及时为推动工业发展鼓与呼，发挥了代表的应有作用。

谱写绿色时代新篇章

——根据陕西省十三届人大代表刘安民事迹创作

【主要人物】

刘安民　男，50余岁，陕西省十三届人大代表、时任陕西龙门钢铁有限责任公司党委副书记、总经理

王海峰　男，40岁，陕西旭强瑞清洁能源公司总经理

徐总工　男，40岁，陕西旭强瑞清洁能源公司化工能源专家、氢能源提取实验总工程师

王进辉　男，40岁，陕西旭强瑞清洁能源公司副总经理

精准扶贫，他勇挑企业重担；疫情期间，他全意守护地方平安。他潜心谋划区域经济发展，全力打造绿色生态钢城，助推龙钢集团年钢产量先后爬过500万吨的关，跨过600万吨的坎儿，蹚过700万吨的河，爬上800万吨的坡，登上900万吨的峰。如今，他又扛起氢能源发展的大旗，开始了功在当代、利在千秋的绿色产业布局。

第一场

【陕西旭强瑞公司氢能源提取实验室】

王海峰：（欣喜地）刘总，成功了！

刘安民：什么成功了？

106

徐总工：成了，纯度 99.9%！

王海峰：刘总，您的绿色韩城有希望了！快，给刘总分享下。

刘安民：来来来，坐下说。

徐总工：好好好，我们所使用的工艺和设备是目前国内最先进的，经过 100 多次的反复实验比较，利用焦炉煤气为原料制氢，比天然气、水、煤和其他化石燃料等原料成本更低，产量更高更纯，并且在提取过程中不会造成任何污染。

王海峰：（得意地）刘总，怎么样？

刘安民：好！太好了！海峰，我就说嘛，没你小子干不成的事儿！

王海峰：哈哈，还不是你这个大哥催得紧啊。

刘安民：徐总工啊，这段时间真是辛苦了。（徐总工：没有没有没有。）既然实验已经成功，那么大规模投产还需要多久？年产量能达到多少？

徐总工：现在只是刚刚实验成功，在大规模生产之前，要先解决最大的储存问题。

王海峰：进辉已经去联系压力罐的厂家，你这边报出大概的产量数据后，厂家就会开始定制生产。

徐总工：好啊，我会尽快计算之后报给你。

刘安民：海峰啊，要想带动整个氢能源产业的发展，就得让韩城各个相关企业联动起来，不能让他们继续观望了。

王海峰：好的，我这就去约他们。

第二场

【龙钢集团会议室内，投影播放龙钢集团宣传片】

【同期声：出铁不见铁，运料不见料，行车无扬尘，空中无污染，废气超低排，固废全循环，废水零排放】

刘安民：刚才各位都看了这个宣传片，跟你们报告一个大好消息，海峰的旭强瑞公司首次成功提取出了高纯度的氢，这为韩城乃至陕西省新能源发展提供了无限的可能性，也正符合国家提出的 3060 战略布局。所以啊，我想与大家探讨下一步韩城的氢能源发展方向，如何使韩城的绿色发展向纵深推进。海峰，你先说说？

王海峰： 好的刘总，说起这氢能源产业，我的确是韩城第一个介入的，但我可不敢邀功。这些年，我眼见着刘总在企业高质量发展的同时，尤其注重生态文明建设产业绿色发展。龙钢是老牌国企，刘总也是有大格局的人，不仅自身发展快，还带动全区域100多家关联企业共谋区域经济发展，形成产业集群，在座的各位都是受益者吧。这两年，刘总一直在推动氢能源的事，我希望能跟各位共同携手推进企业绿色发展，投身新型清洁能源产业！

老总甲：（犹豫）其实，去年刘总找大家商量这件事的时候，我也想做，就是当时我那个化工厂啊亟须更换设备，就把这事儿搁下了。

老总乙： 我是觉得吧，广州、上海开始推行氢能源之后，应该观望几年再说。

刘安民： 我十分理解大家的顾虑，也做了充分的调研。咱们韩城作为全省重要的能源化工基地，有890万吨焦化产能，每年可以利用20亿立方富余的焦炉煤气生产出18万吨高纯度氢气。这个数据是专家给出的权威结论。说明我们韩城是有资源优势的。所以，我真心希望大家能够齐心协力投身进来，这对加快韩城乃至全省产业转型升级、强化生态环境保护、推动绿色可持续发展意义重大。

老总甲： 行，刘总说行，我就试试。

老总乙： 那，我也表个态，先找专家论证一下。

王海峰： 不用找专家，徐总工免费提供一切技术指导！

刘安民： 好！有你们的加入，咱韩城这"煤、焦、电、钢、化"产业生态圈就能转得更快，跑得更远！（众人鼓掌）

第三场

【龙钢集团总经理办公室】

【拨电话】

刘安民： 进辉，你在公司吗？

王进辉： 刘总，我没在公司，在外地，什么事？

刘安民： 我就是想问问，氢能源生产进行到哪一步了。

王进辉：今天晚上我的氢能源车就回来了。

刘安民：哦！是吗？是之前说的买了10辆吗？

王进辉：我先从汽车制造厂调来两辆做实验，是专门针对龙钢冶金的，因为电路的配置和气罐的大小要经过一个月的磨合期才能总结出来性能数据，然后汽车制造厂再根据我们的要求进行定制。

刘安民：嗯！太好了！进辉啊，其实我很着急，因为最近龙钢要进100辆电动重型卡车，如果你们的实验成功，我就可以直接买100辆氢能源车加气就好。

王进辉：没问题，加氢枪也改造好运回了，加氢站也在建设，就在龙钢上面的十字路口。

刘安民：嗯，那么现在的氢产量大概能供多少辆车？

王进辉：去年一期工程投产了5000万立方，按每辆车40公斤算的话，一年能供125辆。总共2亿立方的产量，另外1.5亿立方也在生产中。

刘安民：好！如果韩城的焦化产能全部转为氢能源，可以满足3000辆大型客车一年的使用。氢能源开发在企业，应用在市场，只有政府主导，才能实现真正的节能减耗、绿色发展。

王进辉：好的刘总，等我们的好消息吧！

启动实施黄龙至黄陵高速公路工程项目、将韩城至宜川运煤专线列入全省建设计划、修建黄河韩城段防护工程、解决韩城市建设用地指标、支持韩城加快发展氢能源产业……一次次走访调研，一项项民生建议，作为陕西省人大代表，刘安民用真心和热情谱写着陕西新时代的绿色篇章。

刘青峰

刘青峰

　　刘青峰，男，1968年2月生，陕西华州人，渭南市五届人大代表，执业药师，华州区中医医院业务副院长兼药械科主任。

　　1987年7月，刘青峰从渭南中医学校中药专业毕业到现在，35年如一日，在本职岗位上兢兢业业，任劳任怨，开拓创新，团结带领全院相关科室干部职工攻坚克难，逆势求进，争创一流业绩，把自己的最好年华奉献给中医卫生事业，为改善医院诊疗环境、提升诊疗质量做出了积极贡献。他业精于勤，由于医院没有设备科和信息科，在干好药学专业的同时，所有医疗设备和计算机信息方面的工作都由药械科兼管。为掌握更多的医疗设备和计算机等学科知识，他牺牲业余生活时间，勤奋学习，经过多年的刻苦钻研，他能熟练维护保养小到听诊器大到核磁、CT等医疗设备及医院HIS系统和计算机网络系统等软硬件，极大地保障了所在医院和其他兄弟单位设备数据的正常安全运转，为医院发展和患者就诊节约了大量时间和资金。多年来，他爱岗敬业、扎实钻研、勇于奉献、热心服务患者的事迹得到大家广泛赞誉，他分管负责的全院医疗设备和信息网络安全运行没有发生一例非正常不安全事故，既有力保障全院提高了诊断效率和准确率，也极大方便了群众就医办诊，节约了时间、体力和精力；他分管的药械管理工作，没有出现过失误和差错，群众的用药做到了及时、有效和安全。

近年来，他作为市人大代表，也乐于做群众的代言人，坚持开展调研，广泛集中民智，准确反映民意，提交的建议具有针对性、准确性和可操作性，2020 年被评为渭南市优秀人大代表。

"全能"药师刘青峰

——根据渭南市五届人大代表刘青峰事迹创作

【主要人物】

刘青峰　男，50余岁，渭南市五届人大代表、华州区中医医院业务副院长

陈医生　男，40余岁，胸外科医生

张主任　女，50岁左右，神经内科主任

邓天明　男，30余岁，华州区中医医院临床药剂师，刘青峰的徒弟

冯大妈　女，70余岁，脑中风患者

护士甲　女，20余岁

护士乙　女，20余岁

第一场

护士甲： 陈医生，您知道刘院长在哪儿吗？

陈医生： 我也正要找他。他没在办公室？

护士甲： 我去看了，没有啊。

护士乙： 你们在找刘院长？刚刚有个重症，他被请去病房会诊了。哎，那不，刘院长回来啦！

刘青峰：（打手机）刚刚在病房会诊我不是说了吗，不要考虑过多，挽救生命是医生的天职，病人没了生命体征，说什么都没用！

陈医生： 刘院长！

刘青峰： 哎！陈医生！有事找我啊？

陈医生：刘院长，我那里有个患者，需要今天上午出核磁的片子才能制订诊疗方案，可是核磁的仪器图像显示黑屏，不知道是哪里出了故障，想请您过去帮忙看看。

刘青峰：那可是咱们上个月刚进来的新设备啊，1000 多万元呢。

陈医生：就是啊，我们也弄不明白什么情况。

刘青峰：嗯……你回去，先把核磁主机电源关闭，五分钟后开机，这个仪器开机需要预热十分钟之后再使用，试一下，不行再来找我。

陈医生：好。

护士甲：刘院长，我们主任想请您过去一下，说是有一个患者见不到你就不吃药，也不做康复诊疗。

刘青峰：走，我跟你去看看。

第二场

【神经内科病房】

张主任：冯大妈，您看，我已经跟您讲得很清楚了，您这个病啊，必须做康复，这样才能尽快地恢复，才能下地走路啊，您说是不是？

刘青峰：怎么回事儿？

邓天明：是这样的，冯大妈是去年找您配过中药的脑中风患者，其实这一年啊，她已经恢复得相当不错，但是这次入院以后不知道为什么就是不肯配合治疗，一定要跟您当面说。

刘青峰：冯大妈，我是刘青峰，您这是怎么了？我看您这状态不错啊，怎么又住院了呢？

冯大妈：刘院长，你可来了！

刘青峰：有什么问题，您跟我说说。

冯大妈：其实吧，这一年我在家也坚持喝中药，也在锻炼，挺有效果的，但是我儿子说，住院治得更快，治得更好，反正我有农村合作医疗保险，还能报销，可是我刚才问了主任，我这针灸、按摩，还有喝的冲剂啥的，都不能报销，刘院长，我就相信你，你跟我说说，这是咋回事？

张主任：刘院长，是这么回事，根据冯大妈目前的状况，我觉得针灸和按摩是不可少的康复手段，我还问了她儿子，他们在家煎药的时间不够，这药效都没发挥到最好，所以这次就给冯大妈的药剂换成了颗粒冲剂。

冯大妈： 冲剂是比药汤子好喝，也不苦嘛，可是它不能报销，那我就不喝了。

刘青峰： 大妈，我知道了。目前哪，咱们的农村合作医疗的规定啊，的确没有把这些传统治疗项目纳入报销范围，但是，咱也不能不治病啊。您看这样好不好？我让药房帮您煎药，药效会好些。另外，再让康复医师教您儿子按摩手法，这样咱也能省了按摩的费用。

冯大妈： 那最好啦！可是刘院长，我这病能不能用西药啊？西药能报销。

刘青峰： 大妈您放心，您这病得中西医结合着治疗。我们在给政府相关部门提建议，把中医按摩、针灸等费用，还有中草药颗粒冲剂纳入门诊报销范围。相信我，很快会有结果的。

冯大妈： 是吗？那好，刘院长，我相信你，听你的，先治病啦。

第三场

【中药房】

邓天明： 师父，您先去休息一下吧，都两天两夜没睡了，隔着护目镜都能看见您眼里的红血丝。

刘青峰： 天明啊，这场疫情这么严重，我哪睡得着啊！

邓天明： 那您也不能把自己当成铁人啊，您放心，我在这儿领着大家一块儿煎药，保证不出错。

刘青峰： 大敌当前，钟南山院士都说中药预防有效果，咱华州区中医院就得扛起中药预防的大旗，保证一线医护人员和隔离患者的安全，尽量多地把汤剂送到他们手中。

邓天明： 嗯，我大概统计了一下，从 1 月 27 日开始到现在，我们 24 小时不间断地煎煮，已经有几万袋了。

刘青峰： 天明啊，这中药的特色就是"传承不泥古，创新不离宗"，总有一天，我们的中药会得到更好的发展。天明，你现在还觉得当一名药剂师很枯燥吗？

邓天明： 哎，师父，我从上班开始就跟您学习，以前我想不明白您怎么能一干就是 30 多年。后来啊，眼看着您除了做好药剂师，还不断地学习新技能，现在，医院里小到听诊器、血压计，大到彩超、CT、核磁，电脑网络数据库，任何仪器出了问题都是您来解决，不知道的人还以为您是计算机专业出身的呢。

刘青峰：嘿，这不也没办法吗？医疗设备越来越先进，对医疗器械维护人员的需求也是越来越多，这是目前每个医院都面临的人才缺口啊。

邓天明：可是，师父，您已经 50 多岁了，还跟个年轻小伙子似的，太累了。

护士甲：刘院长，这批药已经煎好了，上包装吗？该送到哪里啊？

刘青峰：这一批药不用装袋了，提供给院内所有患者免费服用。

护士甲：好嘞！

邓天明：好的，我这就去。

刘青峰：一定注意防护。

邓天明：放心，我们都会好好的！等疫情过了，我就重新跟您拜师学艺，解锁各项新技能，也做一名全能药剂师！

刘青峰：少废话！快去吧！

三十五年来，刘青峰一直秉承"医者仁心"的初衷，坚守"扶正固本"的责任，恪守"从医为民"的使命，结合广泛调查，多次提出有关医保、中草药发展与城市交通等民生方面的建议，发挥了人大代表的表率作用，2020 年荣获"渭南市优秀人大代表"称号，为渭南市社会经济发展做出了积极的贡献。

刘通柱

人物
小传

刘通柱

刘通柱，男，1972年9月生，陕西乾县人，渭南市五届人大代表，潼关县委常委、人武部政委。

他1991年12月参军入伍，1994年9月考入西安陆军学院，历任战士、班长、学员、司务长、副指导员、指导员、干事、助理员、办公室主任等职。1995年，他参加了原兰州军区组织的"西部-95"演习，时任炮兵班班长，出色地完成了演习任务。他还参加了"5·12"汶川大地震和"4·14"玉树地震后勤保障工作，被原兰州军区表彰为抗震救灾先进个人，被原兰州军区联勤部授予"百名标兵"荣誉称号，并荣立个人三等功。2013年，刘通柱任潼关县人武部政委以来，单位连续多年被省军区表彰为征兵工作先进单位、军事训练先进单位、正规化建设与管理先进单位和基层先进旅团级单位。2020年4月，他被借调到西安工作，负责省军区军人服务社移交给融通集团的相关工作，借调近两年期间，他蹲在服务社一线抓思想引导，抓安全稳定，抓问题解决，为军人服务社平稳顺利移交做出了重要贡献,2021年被陕西省军区党委授予"优秀共产党员"荣誉称号。

作为渭南市五届人大代表,他认真参加各次市人代会,积极履行人大代表职责,组织部队官兵投身地方建设,全面参与脱贫攻坚、抢险救灾、污染防治、重大项目建设等工作,军民共建取得了长足发展,部队所在的潼关县被授予国家级"双拥模范县"荣誉称号。他乐于做群众和驻军官兵的代言人,认真学习人大代表履职应有的法律和业务知识,提出的多项建议得到有关方面重视,2020年被评为"渭南市优秀人大代表"。

"文代表""武常委"

——根据渭南市五届人大代表刘通柱事迹创作

【主要人物】

刘通柱　男，49岁，渭南市五届人大代表、潼关县县委常委、人武部政委

王亚强　男，40余岁，潼关县人武部部长

张晓东　男，30余岁，桐峪镇东晓社区肉兔养殖户

"兔子王"　40余岁，潼关县肉兔养殖能手

村支书　50余岁，寺角营村支书

二宝叔　80余岁，寺角营村退伍老红军

第一场

【潼关县桐峪镇东晓社区，几声鸡鸣狗叫声。"兔子张"家肉兔养殖圈舍】

【开兔舍门】

张　妻：晓东，快出来洗洗手，人武部刘政委来了！

张晓东：刘政委来了？我这最后一把料，马上就好。

刘通柱：晓东，你先忙，我们进来说。

张晓东：哎呀刘政委，这兔舍里味道大，快上屋里头坐。秀兰，给刘政委沏咱
　　　　家最好的茶。

张　妻：哎！

刘通柱：不用不用。晓东，听说你的兔子病了，让咱县著名的"兔子王"帮你

把把关，看看日常投食和疾病防治的流程有没有问题。

张晓东：兔子王！幸会幸会！上次刘政委带我们东晓社区干部和养殖户去三泰村讨经验学做法，我听您讲过课，今天您能亲自来指导，真是帮了我大忙了。

兔子王：别客气，刘政委找过我好几次，今天刚好有空，来看看。听说你家的兔子不爱进食？

张晓东：可不是吗！这两天我都愁坏了，我也是按照您指导的方法啊，按时按点喂水喂料，可兔子就是不爱吃，眼看着要出栏卖钱，它们不长膘反倒瘦下来，这可怎么办啊！

兔子王：嗯……这样，把你这个月的养殖日记给我看看。

张晓东：在这儿，我一天不落地都仔细记着呢。

兔子王：（翻日记本）嗯……我知道了，是你喂水的时间不对。圈舍养兔啊要讲究科学喂养，你的饲料配比都是对的，但一定要把喂水和投食的时间拉开两小时，让饲料得到充分的消化。你看这儿啊，每次你的间隔时间不够，所以日积月累地，它们就食欲不振了。

刘通柱：晓东，怎么样？人家专家就是能一眼看出问题所在。

张晓东：刘政委，让我说啥好呢？为了我们社区的圈养肉兔，您可真是没少操心，面面俱到了，投资金、讨经验，送医送药这还送个专家，要不是您这么辛苦带头帮助我们社区的贫困户，我们都不敢想有一天还能搞养殖！

刘通柱：东晓社区是我们潼关县人武部的对口帮扶对象嘛，应该的。

张晓东：您可别谦虚啊，我在这村里生活了 30 多年了，自从您帮扶东晓社区后，我们安上了光伏发电，铺上了灌溉管道，还建起了休闲广场。（张妻：是啊！）你看我！搞起了肉兔养殖，桩桩件件都与您投入的心血分不开。

兔子王：人家刘政委是渭南市人大代表，凡事都想着咱们老百姓。虽然东晓社区是县人武部的帮扶单位，但全镇全县的扶贫工作他都放在心上呢。上次我听我们镇上的书记说，县里的领导都管刘政委叫"文代表"呢。

刘通柱：好啊，你们还背地里给我起外号哪？

【大家笑】

刘通柱：好啦，我只负责把人带到，你们慢慢交流经验。我还带来了中金公司和司法局的同志，作为包联单位，正跟社区"两委"班子探讨还能为社区的养兔产业做点什么贡献。

第二场

【潼关县人武部，政委办公室。隐约有街道上的汽车声响、敲门声】

王亚强：刘政委。

刘通柱：王部长，快来。（茶杯倒水声）来喝水！

王亚强：哎！谢谢谢谢。（喝水）刘政委，东晓社区主任刚打来电话说，咱们人武部啊今年给他们的 5 万元扶贫资金已经发放给养兔贫困户了，咱们目前呢养兔产业是初见成效，从今年年初开始，平均每个月就能出栏一次肉兔。

刘通柱：是吗？也就是说，他们基本可以脱贫了？

王亚强：那当然！就按你这拼了命也要让他们不再受穷的干法，哪个还能不脱贫！

刘通柱：也不是我个人的功劳，咱人武部每年 5 万块家底费的支持，不也得经过你王部长的同意？

王亚强：嘿！有了成效就好！这几年，我们在自主产业扶持、专业合作年底分红还有新农合医疗这些方面没少投入精力和财力。你这个人大代表真了不得！

刘通柱：我不也是想着，老百姓富裕了，咱征兵的时候，也能让他们的家庭没有后顾之忧吗！

王亚强：嗯，有道理。说到征兵啊，刘政委，咱潼关县自从 2016 年被表彰为"全国双拥模范县"以后，连续 5 年的征兵工作都是零上访、零信访、零退兵。这块"自留地"啊，咱种得好着呢！

刘通柱：那说明咱们没有躺在功劳簿上睡大觉啊！对了，王部长，征兵工作基础很扎实，民兵工作还得再加强。不仅要建在身边，还要抓在手上！要进一步提高民兵队伍政治素养，把民兵思想统一到备战打仗上来。

你同意不？

王亚强：绝对同意！咱潼关县啊总共有 7000 多名民兵，是重要的地方武装力量，服务于地方百姓安全和经济发展，咱既要传承红色基因，也要担当强军重任啊！

刘通柱：说得好！

王亚强：刘政委，我今天去县里办事的时候，听说你为了驻地部队两条专线车，跟交通运输局长较劲了，是真的不？

刘通柱：嘿……没那么严重，不过作为县委常委，我在常委会上提了很多次开通这两条专线通勤车，方便驻军部队的交通，亲自跑了几趟交通运输局，这倒是真的。

王亚强：知道县里其他几个部门领导给你起了一个外号叫啥不？

刘通柱：又给我起外号？叫啥？

王亚强：叫——"武常委"！哈哈，刘政委，武常委，这还挺形象呢！

第三场

【公鸡在引吭高歌，村道里不时有农用三轮车驶过，寺角营村退役军人荣誉室】

村支书：二宝叔，您瞧，这是三爷爷从抗美援朝战场回国后拍的照片儿，穿着军装，多年轻啊！这是您参军时的照片，精神得很嘛！下面这个是倩倩，也刚刚从部队转业，准备参加工作了。二宝叔，您别急，今天我就推着您，慢慢看好不好？

二宝叔：（含糊不清）呜……嗯，好，好……

村支书：二宝叔，咱寺角营村是全潼关第一个建起退役军人荣誉室的，这都是县人武部刘政委当人大代表提议的。他说呀，我们潼关人民不能忘了为祖国流血牺牲的老兵啊，要给他们，哦，也包括你们建一个家，既温馨又有荣誉感的家。

二宝叔：政……委，刘政委……好……

村支书：嗯嗯，刘政委好！咱们村已经第一个建好了退役军人工作站、"双拥"工作站，现在啊这退役军人荣誉室建起来，"两站一室"就齐了！二宝叔，您家三代人都参军入伍，是咱们村最当之无愧的光荣之家啊，我三爷爷在天之灵也能感到高兴的。对了，县里的"老兵服务关爱队"也出了不少力呢，接下来啊，全县各村和社区都会按这个标准建设，传承老兵"退伍不褪色"的优良作风。二宝叔，我跟您这么说说话，这心里头就透着一股子敞亮啊……

第四场

【脚步声】

村支书： 刘政委，您咋来了？

刘通柱： 村支书好，这不，我又找到两张抗战时咱村当年珍贵的老照片，赶快趁周末送过来，好充实充实咱寺角营村退役军人荣誉室啊。

村支书： 好……我看看。哎，这，太珍贵，太好了。二宝叔，这就是刘政委。

二宝叔： 刘、刘、刘——

刘通柱：（大声地）对，二宝叔，我是刘通柱！

二宝叔： 柱，柱，好！你……好！

刘通柱： 二宝叔，咱这个退役军人荣誉室，好不好啊？

二宝叔： 好！好！

刘通柱： 二宝叔，您老满意就好。以后我们每个村镇都有这样的荣誉室，您老放心。

他，刘通柱，潼关县县委常委，人武部政委，也是人大代表。在建立新型军政军民关系、维护社会稳定、加强国防建设时，他是潼关县的"武常委"；在建议谏言时，他是人民心中的"文代表"，曾多次提出立足潼关厚重历史、打造渭南红色旅游专业线路的建议，为渭南市红色旅游发展和地方经济建设做出了积极的贡献。

李亚利

李亚利

李亚利，女，1965 年 4 月生，陕西渭南人，渭南市五届人大代表，陕西光华印务有限公司总经理。先后荣获临渭区道德模范、渭南市道德模范、陕西省巾帼建功标兵、陕西省道德模范、陕西好人、中国好人等称号。

她把一个家庭作坊式的小厂打造成集设计、印刷、印后服务于一体的综合性现代化印刷企业。几十年来，她始终坚持"守法经营、诚信为本"，在公司积极推行客户服务卡制度，不断完善质量管理和售后服务体系，建立客户满意度调查制度，广纳客户意见，自觉接受社会监督和建议，企业经营 30 多年来，未发生过一起经济纠纷，也未失信客户一次。公司先后被市、区两级政府及有关部门评为"纳税先进单位""守法经营先进单位""创新型企业""优秀中小企业"。2014 年至 2021 年，公司连续 6 轮在渭南市行政事业单位文印定点企业综合考评中名列第一。她多次为社会公益事业和弱势群体慷慨解囊，奉献爱心，累计向社会各界捐助 13 万余元。

作为市人大代表，她认真履行代表职责，按时参加各次人代会和市人大常委会组织的视察、调研活动，围绕全市经济社会发展重点工作和群众关心的热难点问题，积极建言献策。独立撰写《关于切实加强我市公共卫生体系建设的建议》《关于脱贫攻坚中产业扶贫方面的建议》《关于遏制舌尖上的浪费现象的建议》等，建议提出后，受到有关部门高度重视，推动相关工作较好落实。2018年至2020年，个人被评为渭南市优秀人大代表。

今年 3 月有点暖

——根据渭南市五届人大代表李亚利事迹创作

【主要人物】

李 亚 利　女，中年，渭南市五届人大代表、陕西光华印务有限公司总经理

办事群众　男，青年

雷 科 长　男，中年

职 工 刘　男，青年

职 工 王　女，中年

李 晶 晶　女，青少年

晶 晶 妈　中年

李 强 强　中年，晶晶父亲

　　她是旁人眼中的干练女强人，也是员工眼中的暖心老板；她是对吃穿不讲究的朴素女人，也是对困难群众出手大方的爱心人士；她是白手起家的创业者，也是身价千万的成功商人；她更是心怀群众、为人民代言的人大代表，她就是陕西光华印务有限公司总经理，李亚利。

第一场

【熙熙攘攘的政务大厅】

【喊号】请 A30 号到 5 号窗口办理业务……请 A30 号到 5 号窗口办理业务……

李 亚 利：哎，师傅，到你了！

办事群众：我着急，要不你先来吧！

李 亚 利：你着急才要先来嘛。我知道了，你是不是嫌工作人员服务态度不好？（办事群众：倒也没有……）我在这儿已经观察一会儿了，办事的小姑娘态度好着呢！

办事群众：你没发现问题吗？

李 亚 利：啥问题啊？

办事群众：别的窗口办一个业务五六分钟，这个窗口平均 20 分钟以上，态度好有啥用，有笑脸没效率。

李 亚 利：嗯，你说的还真是这个情况。这样吧，我的号你拿着！

办事群众：这怎么好意思，你不办业务了？

李 亚 利：我啊今天就不是来办业务的，我是来看一下优商环境的建议落实得咋样了。

办事群众：（喃喃地）这人难道是领导微服私访？

【脚步声，敲门声】

雷 科 长：请进！

李 亚 利：雷科长，你好。

雷 科 长：您是？有什么事需要帮忙？

李 亚 利：我啊，我是光华印务的李亚利……

雷 科 长：哎哟，人大代表来啦，看我这眼神，对不起对不起。您坐，喝点水。

李 亚 利：谢谢雷科长，您太客气了。

雷 科 长：李代表，您今天来还是调研吗？

李 亚 利：我今天顺便过来了解了解，一个月前我提的那个关于政务大厅窗口服务环境建议的情况落实得咋样了。

雷 科 长：市人大把您的建议转过来后，政务大厅专门开会查摆问题。现在工作人员的态度大有好转了吧。

李亚利：嗯，现在的服务态度确实不错，就是效率有待提高。

雷科长：您说的是5号窗口吧。小姑娘上班才三天，我正打算去顶她一会儿！作为政府服务大厅，我们一定会做到让每个办事窗口不仅有笑脸，还得有效率。

李亚利：雷科长，那我再耽误你一分钟时间有件事儿想请教一下。

雷科长：不敢不敢，有问题您尽管问。

李亚利：就是，咱们市里什么时间能复工复产？

雷科长：快了快了，虽然正式文件还没下发，但市政府的意见是有条件的企业可以在做好疫情防控的基础上有序地复工复产。

李亚利：太好了！

第二场

【光华印务公司】

【众人欢笑】

职工刘：我跟你说啊，在家几个月，真快憋死我了。以前是天天盼休息，现在天天盼上班！

职工王：就是的，我和我家那口子都在企业工作，这几个月啥收入没有，把老底儿都快花空了。这下好了，李总一打电话说复工复产，我激动得都快哭了！

职工刘：（信息提示）哎呀小王，（职工王：哎呀你喊啥啊，吓我一跳。）你快看看信息，李总把这几个月工资都补上了，还多了560元呢。

职工王：我看看，哇还真是，我的也多了560元。刘师傅，你说咱几个月啥都没干，还拿全工资，这不得把我家那口子高兴死啊！

职工刘：谁拿钱不高兴啊，可是我想了想，这560不能拿，光华印务是私营企业，咱这么长时间没开工，咋好意思既拿工资还拿补助，这压力肯定都是李总背着呢！

职工王：这样啊，那这560元我也不要了，要不咱一块儿退回去？

职工刘：我看行。

【推门声，脚步声】

李亚利：你俩干啥呢？

二职工：李总，你来得正好。我们打算找你退钱去呢。

李亚利：退钱？退啥钱啊？

二职工：这560元，还有这几个月的工资。

李亚利：这是公司发给职工共渡难关的补助。

职工王：可是李总，光华公司几个月都没业务了，我们啥活都没干，工资都领了，还多发补助，这560元我们不能拿！

李亚利：好啦，公司再困难也不能让职工作难啊。疫情期间，你们拿了工资，能解决一些燃眉之急，每个职工后面都是一大家子人哪。

职工刘：（感动地）哎李总，您是宁可厂里没活也要坚持复工，不就是让我们心安理得拿工资吗？我们都懂，可你越是这样，我们越心不安！

李亚利：谁说没活干？学习也是工作，我们的企业每个员工都需要学习。咱们不是组织整理出渭南历史文化手册了吗，周五就组织"我是渭南人，我爱大渭南"知识问答，内容就在册子里，参与者有奖！

职工王：哈哈哈，李总你这是变着法地给我们增加收入啊。

职工刘：就是啊。

李亚利：其实也不是这样，咱渭南历史文化资源深厚，我正在写一个代表建议，准备把渭南历史文化读本在中小学校进行推广，让娃娃们从小了解咱渭南的优秀文化！

职工王：太好了，渭南历史文化读本进校园，这本书的需求量肯定很大。

职工刘：这么说，咱们光华一复工就有大活，有钱赚了！

李亚利：王师傅，刘师傅，咱可不能老钻到钱眼里。我们是渭南人，得有情怀。我又是人大代表，总得为家乡做点有意义的事吧。我想好了，要是这个建议能被采纳，咱这本书就只收成本费，也算是光华印务为抗疫出了点力，免得娃娃们宅在家里天天看手机。

职工刘：这几年你都得捐出去几十万元了吧。

李亚利：哎呀，提那干啥，遇到有困难的群众，伸把手拉一下也很正常啊，再说这是企业家的责任，也是人大代表的义务。对了，今天是周末，刘师傅，帮我拿下米、面、油，一块儿去韩马村看看晶晶！

职工王： 愣着干啥，快去啊。

职工刘： 好好好，李总，我们陪您一起去！

第三场

【城中村，出租屋。敲门声】

李亚利： 晶晶！

李晶晶： 姨。

李亚利： 哎！

李晶晶： 我想你了！

李亚利： 姨也想你了！

李强强： 姐，你咋来了？

职工刘： 这是李总带的东西，放哪儿啊？

晶晶父： 姐，你看这——每次来都带着东西……

李亚利： 这个傻弟弟啊，我打你这么多电话咋不接？

晶晶父： （嘟囔）我是故意不接的。（李亚利：为啥？）姐，五年了，你帮我们家太多了，每次来，不是拿东西就是拿钱，现在我们家日子好多了，弟弟我躲你是不想让你来。

李亚利： 你这啥意思，不认我这个姐了？

晶晶父： 你当然是我永远的姐，是晶晶永远的姨。

李亚利： 那就对了。晶晶学习这么好，我总得来给孩子祝贺一下吧。

晶晶父： 姐来可以，你每次来都带这么多东西！

李亚利： 你这说啥胡话，姐姐来看弟弟、弟妹和孩子总不能空手吧。弟妹人呢？

晶晶父： 她出去了，一会就回来。

李亚利： 这是台电暖气，冬天冷了，给娃和弟妹用上。来，快把包装给拆了！

晶晶父： 哎！好嘞！（感动地）姐啊，我们欠你的太多了。这些年要没有你，我的腰可能早就残了，弟妹的病早就恶化了，晶晶也不可能上学。

李亚利： 说这干啥，这辈子我们姐弟认识是缘分。你们家当时那情况，谁看见了还不得帮把手啊？再说，晶晶这孩子懂事，又是块读书的料。

晶晶父： 孩子有点出息都是姐姐你的功劳，你看，她现在不自卑了，敢人前大声说话了。（李亚利：那太好了呀！）晶晶，你可不能辜负了你姨啊！

李晶晶：放心吧爸，我早想好了，一定会好好学习，争取考上重点大学，毕业
　　　　了也像姨一样建企业，给需要帮助的人捐款，建学校，盖敬老院，我
　　　　还要像姨一样当人大代表，替群众说话……

李亚利：哈哈哈，咱们晶晶有志气。来，这部新手机是姨给你考第一的礼物。

李晶晶：不行，姨，我不能要！

晶晶父：姐，这么贵重的东西我们可不能收。

李亚利：咱是一个姓，帮你还不是应该的吗？我多了个弟弟，你和弟妹多了个
　　　　姐，娃多了个姨，这是多好的事啊。再说晶晶争气，考上了重点中学，
　　　　姐高兴，得祝贺啊。拿着晶晶，上网课用得上。

晶晶父：晶晶，咱不能拿。

李亚利：晶晶，听姨的，快拿上。

晶晶父：（感动地）姐……晶晶，快谢谢你姨。

晶　晶：谢谢姨！

李亚利：好孩子！这就对了嘛！不过啊，姨给你提个要求，咱要好好学习。

晶　晶：嗯，知道了姨。

李亚利：只要你好好上学，这上初中、上高中、上大学的费用姨都给包了。

晶晶父：（感动地）姐……你这让我……

李亚利：好了好了。一个大男人咋还掉眼泪了？

晶晶父：晶晶！来！快给你姨行个礼！

晶　晶：姨！谢谢你！

【推门声】

晶晶妈：姐来了？

李亚利：弟妹，你这是去哪儿了？

晶晶妈：这不是听说侄子快要结婚了，我们农村人也没啥表示心意的，我
　　　　就用家里种的棉花给孩子做了两床棉被。（李亚利：哎呀，你看你这！）
　　　　这一床棉被就是十斤棉花，这被子都是我一针一线缝的，别嫌弃啊。

李亚利：（激动地）哎呀，姐不嫌弃，谢谢你！谢谢你们……

李钢锋

人物 小传

李钢锋

李钢锋，男，1977年3月生，陕西富平人，渭南市五届人大代表，民建渭南市五届委员会委员、民建富平总支六届委员会副主委，陕西圣唐乳业有限公司总经理、国际奶羊协会亚太理事会副理事长。

他全身心投入富平羊乳产业发展中，深耕奶山羊产业25年，脚踩泥土，心系发展，创建了"羊奶哥"品牌。多年来，他先后深入奶山羊产业一线调研100余次，在奶山羊产业发展中确立了"适度规模养殖、集中机械化挤奶、冷藏储运、奶款直付、过程公开透明、监管有力"的总体工作思路，为富平的奶山羊产业持续健康发展做出了积极贡献。2007年，他建立了全国第一个奶山羊机械化挤奶服务站，为奶山羊产业的发展探索出了方向和模式，目前富平县已建成全国最大的奶山羊机械化挤奶站群。2018年以来，他通过建设奶山羊产业扶贫基地、推行扶贫产品销售方式，倡导"产业＋企业＋贫困户"的模式，带动1023户建档立卡贫困户脱贫增收，从产业和消费两个层面破解贫困群众增收的瓶颈，带领群众走上了脱贫致富的"羊"光大道，充分发挥了龙头企业在脱贫攻坚一线的带动作用。

李钢锋是从一线工人成长起来的人大代表，在人代会上他持续发声，推动奶山羊产业转型升级，努力拓展富平羊乳产业。同时，他还积极进行扶贫帮困，先后到富平县敬老院、白庙大王小学等进行爱心帮扶，开展送医入户活动，以实际行动发挥代表作用。2019 年、2020 年个人连续两年被评为"渭南市优秀人大代表"。

"羊奶哥"的梦

——根据渭南市五届人大代表李钢锋事迹创作

【主要人物】

李钢锋　男，40余岁，渭南市五届人大代表、陕西圣唐乳业有限公司
　　　　总经理

李　妻　女，40余岁

刘学军　男，20余岁，奶山羊养殖户

张爱红　女，50余岁，奶山羊养殖户

田　甜　女，18岁，联友村村民

【汽车行驶在路上】

李　妻：钢锋，神神秘秘地把我拉出门，是要去哪儿？

李钢锋：给你个惊喜。

李　妻：这是机场方向……结婚20来年，咱俩出省游只有一次，还是你去北京开会顺道的。今天太阳从哪边出来的！

李钢锋：到机场你就知道了。

李　妻：（兴奋）我连行李都没收拾呢！

【电话铃声】

李钢锋：（接起）学军，啥？和养殖户闹起来了？好，我马上来。

李　妻：不上机场了？

李钢锋：你先跟我跑一趟美原镇。

【汽车加速声】

【农村音效，羊叫声】

张爱红：（喊）大伙评评理，我养了一辈子羊，你凭啥说我羊奶不好！

李钢锋：哎呀！爱红姐，赶紧起来，坐地上像啥样子！

刘学军：李总，你可算来了。这户羊奶黄曲霉素超标，咱不能收购。

李钢锋：你给羊吃啥了？拿给我看看。

张爱红：上回你说羊吃得好奶才好，我就拿黄豆喂羊，你看，一天喂一把，喂了半个来月了。

李钢锋：（抓豆闻）豆子都发霉了，难怪黄曲霉素超标，这奶不能收。

张爱红：老天啊，咱从前也这样养羊，奶不也换钱了吗？

李钢锋：我今年刚给人大提了制定羊奶生鲜乳国家标准的建议，县上特别重视，已经写进富平奶山羊产业发展的政策文件里了。我们圣唐乳业要带头执行，收奶标准更严格规范了。

张爱红：你不收这奶，我拿啥钱给娃娃读书啊！（哭）哎呀，钢锋，小时候还是我带你去割草喂羊的呀，现在你出息了，当人大代表了，你就忘本了你……

李钢锋：姐，我问你，菜打农药，你吃吗？

张爱红：那我不吃。

李钢锋：这黄曲霉素是有毒的，在羊奶里就好比菜上打的药，你喝吗？我们圣唐有婴幼儿羊奶粉，你能叫娃娃们吃有毒的奶粉？

张爱红：我……

李钢锋：现在制定严格的生鲜乳标准，不是我李钢锋或者圣唐乳业要卡老百姓喉咙，而是为了富平奶山羊产业更好地发展。得奶源者得天下，产业发展好了，得实惠的还不是咱老百姓？

张爱红：可我这批奶岂不是白辛苦了？

李钢锋：不能看眼下，得看未来。爱红姐，咱们在县职中开设了奶山羊特色产业教学班，你去好好学一学，以后奶山羊的前景好着咧。

张爱红：哎！我糊涂了，姐给你蒸馍去。

李钢锋：别麻烦了，我还有事儿。学军，我们上联友村看看。

【汽车行驶在路上】

李　妻：钢锋，飞机可不等咱。

李钢锋：别急。你总说我忙，见不着人影，今天干脆就陪着我吧。

刘学军：李总还真是忙，干事业比我们90后还拼。刚才那个养殖户是您亲戚？

李钢锋：同村的，后来嫁到美原。丈夫脑梗，娃娃读书，家里就靠她一个人。圣唐和1023个贫困户签了三年帮扶协议，我让她也养羊，这两年日子缓过来了。

刘学军：那她还说您忘本。

李　妻：你们李总忘了飞机也忘不了本。他小时候就靠妈养的四头奶山羊供着上了大学，本来毕业可以留西安，结果看到妈常年挤奶变形了的手指，觉得自己应该回来发展现代化奶山羊产业。这些年，奶山羊就是他的命，亲儿子都比不了。

刘学军：还真是，李总当人大代表后所有建议都和奶山羊有关。

李钢锋：人大代表嘛，你得真正给人民办事。我知道羊奶产业的"肠梗阻"，不能解决的事我不提。

刘学军：所以县上重视，这几年县、镇、村三级奶山羊防疫站建立了，奶山羊全产业集群也初步成形了，接下来商品羊销售基地和关中奶山羊繁育基地建成后，年出栏有七八十万只呢。光想想，我都觉得奶山羊的前景无限光明！

李　妻：（打趣）小伙子，你拿了我们家钢锋的钱吗，这么卖力说他好话。

李钢锋：哈哈，他呀，他是拿了股份。

李　妻：股份？

刘学军：是呀，我从前在外面打工，听说家乡奶山羊产业发展得好，就回来和我爱人养了1000多只羊。李总号召我们这帮富平的年轻人以羊入股圣唐乳业，现在我周围在外打工的朋友都回来了。为家乡干，不比在外面强啊？

李钢锋：乡村振兴一定要有后续力量，你们90后值得我学习。

李　妻：好好好，人大代表同志，现在带人民上哪儿去啊？

【音乐声，抖音直播中】

田　甜：（直播感）我叫田甜，是富平刘集镇人，欢迎大家来到我的抖音直播间，我要给大家讲讲我的故事：我是一名残疾人，从小企鹅腿，无法正常行走。我爷、我奶、爸妈都有各种疾病，家庭条件不好。但我不是来哭穷的——你们看，这面墙上都是我的奖状；大家再看看我家养的六只奶山羊，每天产的羊奶能卖百十块钱，撑起我们一家人的生活……

刘学军：（悄悄）我们今天来回访田甜。当初李总帮了她一把。

李　妻：老李可以啊。

田　甜：……是渭南市人大代表李钢锋帮助了我，他联系教育局，买了电脑让我上网课完成学业；联系医生给我做心理辅导，还教我开抖音卖富平特产。在他身上，我看到了一名人大代表的担当。欢迎大家关注他的抖音号，他叫"羊奶哥"……

【机场音效】

李　妻："羊奶哥"，总算到机场了，你到底要带我去哪儿？

李钢锋：我要带你去看我的梦——圣唐乳业咸阳国际机场店，已经开张了！

李　妻：啥？你把羊奶店开到机场了！这能赚多少钱哪？

李钢锋：赚不了钱，我开的是未来。我算过，咸阳国际机场人流量以后会达到上亿人次，我把形象店开在这里，就真正实现了"世界羊奶看中国，中国羊奶看陕西，陕西羊奶看富平"的梦！

李　妻：难怪你微信介绍自己是"一个从事羊奶产业20多年的追梦人"。你的梦一定会实现的！

李钢锋，渭南市五届人大代表，现任陕西圣唐乳业有限公司总经理、富平县政协委员、国际奶羊协会亚太理事会副理事长。他出身农家，作为一名从羊奶粉企业一线生产工人一步步成长起来的企业领导和人大代表，他在"两会"上持续发声，推动奶山羊产业转型升级。他积极倡导"产业＋企业＋贫困户"的扶贫模式，企业同美原等3个镇的1023户贫困群众签订帮扶协议，2020年托管分红76.9万元、带动新增奶山羊存栏10000只……与羊乳为伴，与家国同心，李钢锋以振兴家乡羊奶民族品牌梦想和国民健康国家战略为己任，有真情、有活力、有信心，真正履行了"民有呼声，我有办法"的人民代表职责。

李新强

李新强

　　李新强，男，1967 年 7 月生，陕西蒲城人，渭南市五届人大代表，蒲城县桥陵镇西高村党支部书记，蒲城丰瑞达实业有限公司法人代表。

　　他带领西高村一班人，采用"支部＋扶贫"模式，利用土地流转、劳务用工、电商销售等方式，带动 214 户贫困户实现脱贫增收。他积极参与蒲城县精准扶贫产业项目，承担了 150 户贫困户的包扶任务，实现了全部脱贫。他组建成立的蒲城丰瑞达实业有限公司，经过多年发展，成为渭南市规模最大的包装企业，产品已打入泰国、马来西亚等国际市场，2010 年被评为陕西省农业产业化龙头企业，2015 年在上海股权交易所 Q 版挂牌成功。他牵头申请的"扶贫 832 平台"蒲城产地仓（云仓 0023 号），是目前陕西唯一产销地云仓，服务以蒲城县为中心并辐射到周边 200 公里的白水、宜君、淳化、合阳、澄城、富平等县，间接带动 10 万余农户 31 万余群众，为加快蒲城以及周边区县农业产业发展和乡村振兴开辟了一条新路子。

作为人大代表，他积极献言献策，每次人代会召开之前，他都集中一段时间走村串户，深入群众，开展调查研究，听取群众意见，并把搜集到的情况带到会上发言。针对渭北"旱腰带"影响制约区域经济社会发展现状，他提出自己的意见建议，引起有关部门高度重视，充分发挥了人大代表作用。2016年、2020年个人被评为渭南市优秀人大代表。

贡枣花开幸福来

——根据渭南市五届人大代表李新强事迹创作

【 主要人物 】

李新强　男，54岁，渭南市五届人大代表、蒲城县桥陵镇西高村党支
　　　　部书记

林老师　女，30余岁，贡枣技术指导

李海柱　男，30余岁，村民

张俊花　女，40余岁，村民

【牛羊叫、远处农机响声等农村场景】

李海柱： 俊花嫂子，免费的枣树苗，村上大家都去领了，你为啥不要？

张俊花： 那树苗是李新强给的，我不要！

李新强： 为啥我给的树苗就不能要啊？

李海柱： 哎，书记——俊花嫂子，你咋就走了呢？这招呼都不打，你这人！

李新强： 她呀，这几年见着我就走。海柱，这是我们的贡枣技术指导，林老师。
　　　　以后种树有啥困难，你就跟她说。

林老师： 海柱师傅，你好。

李海柱： 这可太好了，有免费树苗，还有免费技术员哪！

林老师：（笑）还有免费包销售呢。

李海柱： 李书记这是把钱塞进我们兜里啊！

李新强： 你好好干，大家一起富裕。

林老师： 可刚才那位大姐为啥不领树苗？她跟李书记有纠纷？

李海柱：还不就是当年"旱腰带"征了她家地的事儿吗……

【嘈杂的人群、挖掘机器的背景，在田间】

张俊花：（歇斯底里）今天谁挖我家地，就从我身上碾过去！

李新强：俊花，你给我下来，爬上挖掘机干啥！村上动员会早就开过了，要解决"旱腰带"问题，就得修渠。这也是我作为人大代表今年提出的建议。

张俊花：你代表我了吗？

李新强：俊花，你咋不明白呢，这条"旱腰带"穿过咱蒲城县北，从前机井得打800多米才能看到水，只能解决咱吃水的问题，不能灌溉。这么些年了，村上只能种点小麦，靠天吃饭，不下雨就啥也收不上，咱过的都是啥日子啊？现在政策好了，政府给打了深水井，咱也种上了金银花、酥梨，可水力不足还是制约了发展。现在咱修渠，就是为了引黄灌溉，对大家来说都是大好事！我是人大代表，我就得代表所有人提这个建议。

张俊花：修渠就修渠，你为啥拉这么多企业来修，是你村书记给他们啥好处了吧，最后不都得摊到我们头上？

李新强：（苦笑）你啊，想的都是些啥呀。修渠这么大工程，得费多少钱你算过没有？我算过，政府一下子拿不出那么多，我就想动用社会力量，联合企业投资修渠分担一点。政府负担减少了，企业做了惠民工程也不亏，老百姓也得了实惠，这样建议才能真正落地呀。我一个村书记能给啥好处，连你都喊不住。

张俊花：（理亏）我……你光说得好听，我家这亩地就应该牺牲了？

李新强：我做了大量前期调研，琢磨各种方法以后才确定这个建议的，这也不是光征你一家，咱们村民大会不都审议表决通过的吗。哎呀，俊花，你下来吧。

【闪回】

林老师：那后来"旱腰带"的问题解决了没呀？

李海柱：那肯定啊，李书记这个建议提出后，县上很快就通过了。几十年的干旱问题，半年就解决了。灌溉问题解决了，现在小麦收了种玉米，一

149

亩地能多收入 1000 多块钱。

林老师： 那俊花嫂子为啥还躲着李书记啊？

李新强： 哎呀，心里还有疙瘩，没事儿，咱们再去做做她的工作。

李海柱： 其实我们书记怪不容易的，他从前搞企业，日子过得挺好，后来村上喊他回来当书记，人家二话不说就回来干了，修路、扶贫、搞电子商务，谁有困难都给他说。出力不算，自己每年还得往村里贴补二三十万元呢。

林老师： 是吗？李书记，你这些年得亏多少啊？

李新强：（笑）不能那么想，大家富才是富嘛。都是我的乡亲，我见谁过苦日子心里能好受吗？心里不装着老百姓，那凭啥叫个人大代表呢。

【鸡羊叫声，当地戏曲过渡】

李新强： 哎，俊花家到了。

林老师： 俊花嫂子，我给您送来了贡枣树苗。

张俊花： 我不种，拿回去。

李海柱： 种点果树就能挣钱，干啥不要？

张俊花： 能挣多少钱哪？

林老师： 我给您算笔账：现在外头普通枣每斤卖五六块钱，李书记寻来的贡枣品种好，每斤能卖 20 块钱，咱西高村如果种上 500 ～ 1000 亩枣树，成熟后能卖 100 多万元呢。

李新强： 这不是嘴上说的，我自己先种上试验田，有经验了，才敢向大伙儿推广的。俊花，你得信我。当年征你家地你有意见我能够理解，可现在大家日子确实是越过越好了嘛，咱就别跟自己人过不去了。中央都说了，脱贫成功是第一步，接下来还要乡村振兴，咱合力振兴，不好吗？

李海柱： 就是，俊花嫂子，书记都这么操心，就差没给咱种树了，人家图啥啊？人心都是肉长的，你还好意思委屈人家？

张俊花： 书记，这些年你给村上干的事，我都看在眼里……咱也不是没良心的人，就是有点臊得慌，磨不开脸……给您找不痛快了。

李新强： 你们过得好，我心里才舒服。过去的事儿不提了。

林老师：一起种贡枣，幸福日子在后头呢。

张俊花：哎！

李新强，渭南市五届人大代表，蒲城县桥陵镇西高村党支部书记兼村委会主任。当选市人大代表以来，他始终认真履行职责、发挥代表作用，提出多项有建设性的建议。其中，针对渭北"旱腰带"影响制约区域经济社会发展的现状，他在多方调研的基础上，提出：一是让市上水利建设项目向渭北"旱腰带"地区倾斜，支持连片实施推广管灌、喷灌、滴灌、渗灌等高效节水灌溉工程技术。二是实施引调水源工程，利用好大中型灌区"时间差"，在非灌溉季向"旱腰带"蓄水设施引水补水，从根本上支撑该地区高效涉农产业持续健康发展。三是尽快出台水利建设先建后补、以奖代补政策，吸引社会资本参与水利配套设施建设的建议。这些得到了市政府的认可，为渭南和蒲城的高质量发展做出了积极贡献。此外，他在扶贫济困、疫情防控、慈善救助等方面的成绩，也真正彰显了"人大代表为人民"的使命担当。

杨忠强

杨忠强

杨忠强，男，1966年7月生，陕西富平人，陕西省十三届人大代表，渭南市四届、五届人大代表，陕西秦正建设集团董事长。

经过20多年的努力，他闯出了一条属于自己的强企之路。他带领集团积极参与建设安居工程，开发当地文化旅游产业，服务社会、造福于民，先后开发商住楼盘300多万平方米，向社会提供优质商住房上万套，建设市政道路、公路、桥梁300余公里，投资运营国家4A级文化旅游景区中华郡，企业在职员工1000余人，为社会创造就业岗位5000余个。多年来，他踊跃投身公益事业，累计为疫情防控、精准扶贫、教育办学等捐款捐物2000万元。个人先后荣获"渭南市首届非公有制经济人士优秀中国特色社会主义事业建设者""渭南市非公有制经济十大风云人物""陕西省劳动模范""陕西省优秀民营企业家""陕西省非公经济人士优秀社会主义事业建设者""陕西省诚信楷模""全国创业之星"等殊荣。

　　他不仅仅是一位企业家，还是一位充满责任感、有着多年履职经验的人大代表。身为企业负责人，常常要四处奔波，日程排得满满的，他总是准时参加代表大会以及各项代表履职活动。针对创造良好的营商环境支持民营经济健康持续发展、加大对富阁产业合作园区产业支持力度等问题，他都提出建议。提出这些建议前，他花大量时间现场调研，了解掌握真情实况。他提出的各项建议常常引起代表的共鸣，其建议意见得到了各有关方面的高度重视，诸多老百姓关注的问题得到了及时妥善解决。

杨忠强的生意经

——根据陕西省十三届人大代表，渭南市五届人大代表杨忠强事迹创作

【主要人物】

杨忠强　男，50余岁，陕西省十三届人大代表，渭南市五届人大代表、
　　　　陕西秦正建设集团董事长

刘董事　女，中老年

王董事　男，中年

张董事　男，中年

村主任　男，中年

村民甲　男，青年

村民乙　男，青年

建筑商　男，中年

第一场

【秦正集团会议室】

2018年，陕西省政府工作报告明确提出要多轴线、多中心、多组团推进"大西安"建设，加快西咸一体化、富阎一体化进程。会后，省人大代表、陕西秦正建设集团董事长杨忠强立即召开了集团董事会……

杨忠强：各位董事，今年省政府工作报告明确提出了推进"大西安"建设，加快西咸一体化、富阎一体化进程的工作思路，咱们秦正集团也应该为富阎一体化尽一份力量。

刘董事：董事长，您先给大家传达一下省里的精神呗。

杨忠强：好。省里的主要想法是设立富阎新区，真正实现富阎板块与西安市产业布局的互相补充、基础设施互联互通、经济社会融合发展，把富阎建成大西安周边一座中等规模的卫星城市。同时富阎一体化要优先保障富阎板块土地供应，从省级层面提供资金和政策支持，统筹考虑产业布局，摆布大项目，形成增长点。

王董事：好啊，这里面可蕴含着大商机呢！

杨忠强：商机一定会有，但我们应该看到企业的社会责任。

刘董事：房地产开发是我们秦正集团的强项，我们可以借助政策优势加快推进。

王董事：我同意刘董的意见。现在渭南房地产竞争激烈，我们的压力很大，正好可以借此打一场翻身仗！

杨忠强：嗯……刘董、王董，大家的想法我都同意，我也提个建议，大家都知道富平、阎良、三原之间有一座荆山，传说是轩辕黄帝铸鼎之地。我们是不是可以在那里搞一个文化景区，打造一个都市农业和文化旅游基地？（大家一时陷入沉思）

张董事：董事长，这可是一个大手笔啊，投资得十几亿元。

杨忠强：十几亿元？哈哈哈，十几亿元只是前期费用，按景区占地 2000 亩计算，总投资得 30 亿元。

刘董事：啊？30 亿元？建一个小镇都差不多了！

杨忠强：说对了！我们就是要建一个小镇，一个容纳 3 万常住人口的文化融合现代小镇，名字就叫中华郡鼎文化产业新城。大家想想，一个常住人口两三万的文旅小镇会为富平带来多大效益？以后还要建学校、建医院，又能解决多少人就业、扶持多少人创业？（众人议论）

张董事：董事长，上新的项目我同意。不过考虑到投资压力，我建议根据渭南房价，将在建楼盘每平方米上调 1000 元……（众人议论）

张董事： 是呀杨董，每平方米上调 1000 元也才是外来房产开发的平均价。（众人议论）

杨忠强： 房子是用来住的，作为本地企业，我们有责任让每一个富平人都有房住。所以不但不能涨价，还要推出廉租房、半产权房。

二　人： 这个……董事长，您还是再考虑一下吧。

杨忠强： 不用考虑了。这几年我做了不少调研，一直在人代会上提出要政府加快廉租房、半产权房建设，缓解城市人口住房难的问题。我是人大代表，又是房企老总，这个头我得带。

二　人： 嗯，董事长，那就按你的意见干吧。

第二场

【某村沙石厂，汽车发动机声，众人吵吵嚷嚷】

建筑商： 都给我卸下来，这些沙子我们不要了。

村民甲： 不行，装上车的沙子就得拉走。

建筑商： 不是，昨天说好的价钱，今天每方涨了 30 块，我怎么要？

村民乙： 老板，现在的人工费贵这么多，沙石又到处缺货，我们随行就市涨点价也是正常的！快点，给个面子，交钱吧。

建筑商： 你们这是强买强卖呀，就不怕我投诉吗？

村民甲： 投诉？我们沙场有正规手续的。（村民乙：就是）

建筑商： 有正规手续？有正规手续就更要公平买卖啦。这政府从上到下都在大力优化营商环境，你们就这么做生意的吗？

村民乙： 老板，可不敢给我们扣这么大的帽子啊。

村民甲： 就是，这帽子有点大。快点，把沙钱付了。

建筑商： 还是那句话，付钱可以，那我就按昨天说好的价钱付。

村民乙： 不行。就得按今天的价付钱走人。

建筑商： 那我就不要了。卸车！

村民乙： 把车看好。不许卸！

【僵持中汽车驶来，停。关车门声，脚步声】

村主任： 哎哎哎，你俩和人家吵啥呢吗？

村民甲：主任，你咋来了？（村民乙：就是，您怎么到这儿了？）

村主任：我过来找你俩有事呗！

建筑商：你好，你是村主任吧？

村主任：嗯，我是。

建筑商：主任，你可要为我做主啊！你们沙场昨天说好的价码，今天我来拉，这俩兄弟非要一方沙子涨 30 块钱。

村主任：一方涨 30 块钱？

建筑商：可不是吗，我按昨天说好的价付钱，他们不同意，我要卸沙子他们又不准。

村主任：老板，沙子你原价拉走。鹏鹏、满墩，你们给人家老板赔礼道歉。

二村民：我……这个……

村主任：鹏鹏，杨董在人代会的建议就是优化营商环境，你倒好，看着沙石紧张了就临时涨价，不知道杨董最见不得的就是有人给村里的父老脸上抹黑吗？快点给人家赔礼道歉。（村民甲：我……）要不，我就直接给杨董事长说了啊？

二村民：（村民甲：哎！别别别别别！）主任，千万不敢。我俩认错。老板，我俩错了。老板，你大人大量，别和我们一般见识。

建筑商：没事，只要你们按昨天说的价卖给我沙子就行。这是 6000 块钱，两车 50 吨的沙子钱，你们点点。

村民甲：不用点。老板，对不住的地方见谅啊。

建筑商：没事没事。明天一早我还是带两辆车来，还是这个价哦。走了啊。

【载重卡车开车远离】

村主任：我说你俩呀，净惹事。杨董搭乘飞机在咸阳机场一落地，就打电话让我找你俩过去。多亏我过来，不然说不定捅什么大娄子呢！

二村民：主任，我们错了还不行吗。杨董找我们干啥呢？

村主任：好事，见面就知道了。

第三场

【院士之家建设工地，鸟语花香。车辆过来刹车，关车门】

刘董事：董事长，回来了？

杨忠强：刘董，告诉你一个好消息，温州医科大学校长李校堃教授终于答应带团队来富平了。

刘　董：那可太好了。

杨忠强：我这次去温州啊，给李院士汇报了院士之家项目助力富阎一体、科技文旅融合发展的规划，他非常高兴。

刘董事：李院士可是中国工程院院士，温州医科大学校长，全国皮肤重生工程的领军人物。（杨忠强：那当然了！）能把这么高层次的人才吸引来，您可给咱富平立了大功啊。

杨忠强：我哪敢贪这功劳哇，最多也就在市县的决策下做了点推动工作而已。这下好了，李院士的团队入住院士之家啊，县医院急需的在难愈合创面伤治疗上的技术支持和人才培养的计划难题就迎刃而解了。

刘董事：是啊，肤生工程走进富平，带来的是实实在在的帮扶。

杨忠强：对！现在是下午5点40分，通知所有董事晚上6点30分在会议室开会，（刘董事：好。）研究院士之家项目推进工作。

刘董事：董事长，您坐飞机折腾了一天，要不明早再开会？

杨忠强：明早我还要去调研城区有序停车的事。你去通知，就晚上6点30分开会。（好嘞。）哎，刘董，（刘董事：哎！）李院士在南方生活的时间比较长，院士之家建设既要考虑我们本土特色，更要兼顾南方人的生活习惯，你可要记着落实到位啊。

刘　董：好嘞董事长，那我去忙了。

【私家车过来，刹车，开关门声，脚步声】

二村民：忠强叔……哎，杨董事长好！

杨忠强：鹏鹏、满墩，我在飞机上想起了一件事，我们的中华郡已经成为国家AAAA级文化旅游景区，来的人越来越多，这里是富平的一扇窗口，是富平人的脸面。我找你们来呢，是想让你两干一件事情。

村民甲：啥事呀叔？

杨忠强：让你两分头收集富平的历史文化典故，特别是荆山的传说故事。

村民乙：董事长，我俩也就高中文化水平，这个……

杨忠强： 高中水平咋了？我看着你们俩长大的，这么做，就是想通过这件事情提升你们的文化素质。

村民甲： 叔，这事是好事不假，可我俩怕耽误您的正事。

杨忠强： 放心吧，你俩只管收集材料，收集的时候好好看看，后期编辑我会找专人的。

村民乙： 行！放心吧董事长。

村民甲： 叔，我记住了。今天家里做了麻食，我爸叫你回去跟他喝上几口。

杨忠强： 我最爱吃我哥和嫂子做的麻食了！跟你爸说，我晚上6点30分要开董事会……（手机响）改天我一定去你家吃麻食。喂！啊！接到通知啦？对，研究院士之家项目推进。

杨育英

杨育英

　　杨育英，女，1973年2月生，陕西渭南人，渭南市五届人大代表，渭南裕美现代农业设施工程有限公司董事长。先后获得渭南标杆月度人物、陕西省优秀女企业家、陕西省十佳职业农民、全国巾帼建功标兵等荣誉称号。2020年7月，被陕西省农业农村厅聘请为葡萄产业技术专家。2021年1月，被陕西省农业农村厅认定为新型高级职业农民。

　　她热爱家乡这片热土，积极投身农业发展，致力发展壮大临渭葡萄产业，为农民增收服务。2011年10月，在渭南市临渭区下邽镇成立了渭南裕美现代农业设施示范园，规划总面积5070亩，其中核心区810亩。自创"裕美杨"商标，研发鲜食葡萄、葡萄酒、葡萄醋、葡萄干、葡萄酵素系列产品，渭南裕美现代农业设施示范园先后获评"中国果业龙头企业百强品牌""全国名特优新农产品""陕西省现代农业园区""绿色食品A级产品"等称号。她还大力示范带动周边群众发展葡萄产业，及时为贫困户和农民群众提供就业岗位，促使其通过技术培训、流转土地等增加收入。葡萄园区年培训全国各地职业农民 5000 人次，接待休闲观光游客 26000 人次，带动周边农户发展葡萄产业 2200 余户。她带头推广现代设施农业技术，带动妇女群众学技术、稳就业，使巾帼力量在农业生产发展中发挥了积极作用。

作为渭南市五届人大代表，她按时参加代表各项活动，围绕开通渭南至下邽公交等提出多项建议并被落实，2020 年被评为渭南市优秀人大代表。

阳光洒满葡萄园

——根据渭南市五届人大代表杨育英事迹创作

【 **主要人物** 】

杨育英　女，48岁，渭南市五届人大代表、渭南裕美现代农业设施工
　　　　程有限公司董事长

杨　父　男，70余岁，杨育英父亲

老　韩　男，5l岁，杨育英丈夫

秀萍姐　女，50余岁，下邽镇贫困户

客　商　男，30余岁，葡萄采购商

【鸟鸣，农家院音效，电视机背景声】

杨育英： 爸，我在外面打拼了这么多年，现在想回家乡发展了，咋就不行？

杨　父： 你这娃主意就大得很！从来就不听话，是要把我气死啊。当初你高中
　　　　毕业就敢揣四五十块钱跑到北京，一个女娃家，咋说你都不听。

杨育英： 那你说我这些年干得咋样吗？

杨　父： 我看你好不容易在北京成家有孩子了，又要回农村当农民，你这娃脑
　　　　子是坏了？

杨育英： 北京再好也不是我的家，我就是想回来嘛。你和我妈年纪越来越大，
　　　　我在外面咋放心得下？

杨　父： 别拿我和你妈年纪大当借口。育英，你可想好了，你这些年在大城市
　　　　风吹不着雨淋不着，你回农村能干啥？

杨育英： 爸，我想好了，回来种葡萄。

杨　父：啥？种葡萄，你看咱这十里八村的种葡萄有哪个发家了？你可千万别干这傻事。

杨育英：爸，和你商量是尊重你。我跟您女婿已经决定了。

杨　父：不行，我不同意。你这娃疯了，女婿也疯了吗？

杨育英：我决定的事谁也拦不住。爸，给您实说吧，我已经安排人在流转土地了。

杨　父：那得多少钱啊？

杨育英：爸，你就别管了好不好！

杨　父：育英啊，你听爸一句劝，这么多钱放银行也够吃几辈子的了，你做农业赔了可咋办？

杨育英：你放心，我不但赔不了，我还要带四邻八乡的农民一块儿建温室大棚，挣大钱。

杨　父：（生气地）你这孩子，反正我也管不住你，你想干啥就干啥吧！以后别后悔就行。

杨育英：爸，您放心，我在哪儿都能干出个样子来！

　　这位性格倔强信心满满的女子，就是杨育英。渭南市五届人大代表，渭南裕美现代农业设施示范园董事长。回到家乡之前，她和丈夫在北京经营着一家大型广告公司，生意非常不错。但是，2012年前后，杨育英想家了，她想把先进的现代农业理念带回生她养她的土地，带领乡亲们脱贫致富过上好日子。于是，她不顾亲人的反对，带着3000多万元毅然决然回到家乡发展现代农业。这次，她在下邽镇城南村流转了500亩土地，开始建葡萄温室大棚。

【人声嘈杂】

秀萍姐：我听说，这儿招人种葡萄呢？

杨育英：对！您有种植经验吗？

秀萍姐：我家里也种着几亩葡萄，就是收成一直不好，收入也不高……

杨育英：没关系，以后我们会定期请农技专家培训，你在这里上班领工资，也不耽误自家的园子，还能学技术。大姐，来吧。

秀萍姐： 来！我肯定来！

> 杨育英的渭南裕美现代农业设施示范园成立了。她希望通过示范作用，带动提升当地的葡萄品质，打开销售市场。在此期间，她还自己组建团队，开始外出闯市场，帮助果农推介、销售葡萄。然而这一次跑市场，却并不顺利。

【汽车声，有人下车】

秀萍姐： 老板，你要多少货？

客　商： 价好了三五十吨的都要，我先看看你们的果子。

秀萍姐： 我们这儿的果农都种红提的。东西没问题。

杨育英： 是啊老板，你看这红提品质挺好的。

客　商： 这叫没问题呀？这裂果很多啊。

杨育英： 今年雨多，到处都一样。

客　商： 一块八我要 10 吨。

杨育英： 一块八？前几天还有客商两块二一斤收购。

客　商： 现在南方暴雨，一天一个价。这果子我本就不想收，收了我也不好卖。给你留个电话，想好了给我打电话。

【关车门，小汽车开走】

秀萍姐： 哎……老板你别走啊，你再加点。

客　商： 就这价了啊，想好了打电话。

秀萍姐： 杨总，咋办？

杨育英：（下决心）秀萍姐，卖吧。

秀萍姐： 那——杨总，这个老板不要，我就不信……

杨育英： 秀萍姐，你也看到了，现在市面上葡萄品种多，优质品种更多，咱们要是一直用传统种植模式，肯定被淘汰！我们得改变思路，我听说南京农科院有种新品葡萄，一亩地栽八棵树，果子甜度高，营养价值也高，不怕雨淋，不会裂果，一斤能卖五六十块钱。

秀萍姐：一亩地栽八棵树，一斤能卖五六十块钱。杨总，你啥意思？

杨育英：给刚才那个老板打电话。咱抓紧把这批果子卖了，尽快去南京参观学习，把农学教授请来手把手教咱种葡萄。

　　这次卖红提的打击，没有让杨育英却步。半个月后，从南京赶回下邳的杨育英，下决心投资建设现代设施大棚。杨育英看中了名品葡萄"阳光玫瑰"。她想把一亩地栽八棵葡萄树的"阳光玫瑰"种植到她的示范园里。

【田间地头】

杨　父：育英啊，你这是又犯的哪门子邪？

杨育英：挖葡萄树啊。

杨　父：这红提葡萄树栽了几年，今年刚挂果，你就把它挖了？

杨育英：爸，红提葡萄种得太多了，卖不上钱。我刚从南京农科院参观学习回来，人家一亩地栽八棵树，一斤葡萄卖五六十块，一亩地的产值顶现在园子的一二十倍。

杨　父：咱村种的葡萄一斤卖两块钱都卖不动，你还想一斤卖五六十块钱？你在说啥胡话？

杨育英：爸，一亩地栽八棵葡萄树是真的。这葡萄树栽在区域营养池里，棚架上结的果子卖高价，下面搞休闲旅游，一举两得。

杨　父：闺女啊，你不敢再折腾了，你从城里带回来的钱折腾完了，还在胡整，你的日子还过不过了？

杨育英：爸，你就别管了，我已经决定了，你们也管不住的。

杨　父：（气呼呼地）好，算我多事，你爱咋就咋吧。

【大棚外，鸟语花香】

杨育英：爸，你尝尝这个葡萄。

杨　父：（咀嚼）嗯，好吃。脆、甜，汁水还多。

杨育英：您仔细闻闻是不是有股玫瑰的香味？

杨　父：嗯，有！这个是啥品种啊？卖得贵吧？

杨育英：这就是"阳光玫瑰"。爸，这葡萄贵着呢，市场上一斤50块！

杨　父：啥？50块？

【汽车声，开门声】

客　商：哎哟，杨总，这就是你引进的新品种"阳光玫瑰"吗？

杨育英：刘老板，今天刚开园的，快来尝尝，这品种包你满意。

客　商：（尝葡萄）嗯，好，太好了。杨总，多少钱一斤？这筐我都要了。

杨育英：刘老板，看你是老主顾，一斤优惠你5块钱。45块钱一斤。

客　商：这筐里有30斤吧，我都要了。

杨育英：好嘞。（过秤）29斤，一斤45块，一共1305元。

客　商：（数钱）1305元，您收好。杨总，你园里有多少都给我留下。我先到西安看个人，明天来签个长期合同。

杨育英：好嘞，明天我在办公室等您。

【汽车开走】

杨　父：哎呀，这么贵的葡萄也有人买，他也太舍得了。

杨育英：爸，你这就不懂了。我考察过市场，现在大家对高端水果的需求越来越大，只要咱们的葡萄品质好，就不怕没销路！"阳光玫瑰"头年栽树，第二年挂果，一亩地轻轻松松挂果三五千斤。

杨　父：这么说一亩地能卖10多万元啊。爸种了一辈子的地，我现在是服你了。以后你干啥事爸也不干涉你了。

做事干练、勇于尝试新事物的杨育英实施的"阳光玫瑰"计划推广顺利。在她的精心管理之下，全面挂果后的"阳光玫瑰"葡萄亩产达到3000多斤。

秀萍姐：杨总，又有客商来电话要收"阳光玫瑰"！这10亩"阳光玫瑰"葡萄都"名花有主"了！

杨育英：嗯，知道了。秀萍姐，这段时间辛苦你了，咱们的葡萄示范园采摘一日游活动效果太好了。

秀萍姐：杨总，你掐我一把。

杨育英： 咋了？

秀萍姐： 我看看我是不是在做梦。你说一斤 50 元，每亩"阳光玫瑰"能卖多少钱？

杨育英： 15 万元呀！

秀萍姐： 那 10 亩就是 150 万元？我做梦也想不到葡萄能卖上这么多钱。

杨育英： 是啊。小葡萄能带来大收益。以后乡亲们的日子肯定比葡萄还甜哪！

周围的葡萄种植大户纷纷跑来参观学习，一时间，人大代表杨育英成为葡萄种植户中的名人。一座座整齐划一的现代农业设施大棚，一串串晶莹剔透如玛瑙般的葡萄……这就是今天下邽镇远近闻名的裕美现代农业设施示范园，园区内种植着 36 个品种的优质葡萄，带动了周边 500 余户农民发展葡萄产业，推动人均年收入达 2.64 万元。在把企业做大做强的同时，多年来，杨育英时刻没有忘记人大代表的职责与使命，一直把社会公益、社会福利事业放在心头，连续 5 年向市人大提出发展"三农"、发展现代农业科技园区的建议。

杨超群

杨超群

　　杨超群，女，1960年8月生，陕西白水人，渭南市五届人大代表，陕西红卉农业科技工程有限责任公司董事长，白水县白宝汇电子商务有限责任公司总经理。先后荣获全国三八红旗手、陕西省巾帼创业带头人和"三秦巾帼最美扶贫人"等称号。

　　2015年，她率先组建了白水县第一家电子商务公司，线上线下销售白水名优农特产品40余类百余种，解决了群众农产品销售"最后一公里"问题，增加了群众收入。2016年起，她带领群众发展丹参药材种植、芦花鸡养殖和富硒苹果生产，促进了乡村产业兴旺，拓宽了群众产业致富渠道。脱贫攻坚战中，她采取"电子商务＋产业基地＋贫困群众"的模式，把技术培训、示范引领、基地带动、订单生产、折股量化分红、托管反托管等扶持方式有机结合，使贫困群众生产有门路、脱贫有产业、收入有保障。她发挥龙头企业带动作用，扶持2042户贫困群众，人均年增收3000元左右。2020年，为巩固脱贫攻坚成果，促进乡村振兴，她积极参与消费扶贫、消费助农，帮助群众销售农产品 1600 余万元。她热心公益事业，为疫情防控、抗洪救灾、扶残助学捐款捐物近 10 万元。

担任市人大代表以来，她积极参加市人大常委会组织的代表活动，立足本职行业，积极履行人大代表职责，展现了人大代表的应有作为。针对特色产业发展、优化营商环境等提出高质量建议，得到了采纳和落实，使代表作用得到充分发挥。

丹参苹果芦花鸡

——根据渭南市五届人大代表杨超群事迹创作

【主要人物】

杨超群　女，中年，渭南市五届人大代表、白水县白宝汇电子商务有限
　　　　责任公司总经理

彭经理　男，中年，白水县白宝汇电子商务有限公司副总经理

刘经理　男，青年，白水县白宝汇电子商务有限公司部门经理

群众甲　男，中年

群众乙　女，青年

群众丙　女，中年

第一场

【凌晨，白宝汇公司丹参基地，众人哈欠连天，有人抽烟，有人喝茶解乏】

彭经理：要解乏多喝茶，可这半夜 2 点喝啥也顶不住啊！

刘经理：彭总，要不来根烟？

杨超群：少抽点烟吧，办公室都叫你们熏黑了，刘经理，车队还没消息？

刘经理：没有，电话没人接，估计快了。董事长，你回去休息吧，我和彭总在
　　　　这儿等。

彭经理：是啊，董事长，快六十的人了，这么熬不是事啊。

刘经理：唉，你说现在的人都怎么啦，我们从外地调来种苗，一分钱不要送给
　　　　贫困户，还包运包卸。结果怎么样？人家根本不领情！

杨超群：现在群众脱贫已经是必然，我在人代会上多次建议要打破咱们白水县主导产业单一的问题，还有农民增收渠道狭窄的现状，公司既然确定了丹参药材、芦花鸡还有富硒苹果的种养思路，咱们就必须不计代价干出个样……

【汽车轰鸣】

刘经理：哎，好像回来了，我出去看看！（起身离开）

彭经理：董事长，你刚才说的我都明白，可咱办企业就得见效益啊，是不是？不能说当了人大代表就主动给自己戴上笼头了。

杨超群：是啊，既要见经济效益也要讲社会效益嘛，这样咱们的企业才能走稳走远，群众才能脱贫致富啊。

【刘经理气哼哼走进来】

彭经理：怎么了，小刘，谁把你气成这样，是不是你带的那帮混小子？我就说嘛，这带队伍咱不能心软！

刘经理：要是他们就好了。满满三车种苗，怎么拉去怎么拉回来的，还白白废了十几小时工夫！

杨超群：怎么回事？

刘经理：小李他们不到下午 4 点就把种苗运到地头，人家就是不让卸货，还嚷嚷着要咱们包种植保收益！干脆抢银行算了！我看都是董事长你惯的，卖苹果那会儿你就包这包那的！

杨超群：老百姓是穷怕了，咱们可以理解，群众的条件我们尽量满足！

刘经理：我的董事长啊，咱们是办企业不是搞慈善！

彭经理：好啦刘经理，你还是不了解咱们董事长，她办的企业哪一个不像慈善机构啊？她不常说只有有担当有情怀的人才能弄好农业吗？不过啊，董事长，我也得劝你一句，这一味地迁就还真不见得是件好事情。

杨超群：好啦，你们的建议我都接受，现在是凌晨 2 点 30 分了。大家都回办公室休息三四小时。一早我们再进北盖村！

刘经理：好吧，董事长，你也早点休息！

彭经理：走吧小刘，我估计董事长这一宿睡不着了。（二人嘟嘟囔囔离去）

第二场

【北盖村，上午，芦花鸡咯咯叫（鸡雏）】

群众甲： 哼，你们咋又来了？

群众乙： 这次不但拉来了种苗，还有小鸡娃呢！

群众甲： 拉来金山都没用，不保收益就是白浪费功夫。

刘经理： 都说人心是肉长的，我看你们的心是铁打的。这几年我们杨超群董事长都干了啥，你们比谁都清楚。绣庄解决了多少残疾人吃饭，还有我们的电商平台帮你们卖了多少农产品，啥时候亏过你们？

杨超群： 刘经理，你说这些干啥？乡亲们，你们的要求我都清楚了。北盖是贫困村，我们集体研究了一下，今后啊北盖就是我们的帮扶村。（众人议论）现在丹参亩产值 3000 元左右，种一亩丹参苗就能帮一人脱贫，我们公司可以与种植户签订单，按保护价回收。另外，我们还要选出愿意干的贫困户，发放 25000 只芦花鸡鸡娃，户均增收预计 1.6 万元。现在你们可以领种苗和鸡娃了，不过我还有一句话，鸡不能杀了吃肉，苗也不能卖了换钱！（众人哄笑）

群众甲： 杨董，我们信你说的话，你是我们选出的人大代表，可种丹参养鸡娃我不在行，咱就能伺候个苹果，你看看有没有种果树的活？

杨超群： 咱们白水县的苹果是出名，但常年都一个价嘛，我们公司正准备种植富硒苹果，贫困群众愿意跟着我们干的，咱们苗还是免费，定期还给你们提供技术指导，成果以高于市场价 1 元来收购。

群众乙： 杨董，我要 2 亩丹参种苗！

群众甲： 我种 10 亩富硒苹果！

群众丙： 我要 10……100 只鸡娃！

杨超群： 好好好，小伙子们，咱们卸车！

2018 年以来，杨超群积极响应"脱贫攻坚，人大代表在行动"号召，采取"电子商务＋产业基地＋贫困群众"的模式，在尧禾镇收水、北盖两个贫困村扶持带动 174 户贫困群众种植富硒苹果 1980 亩，扶持 1471

户贫困群众种植丹参药材 3000 余亩，扶持 270 户贫困群众养殖芦花鸡
25000 只，把自己提出的人大建议变成了田间地头火热的实践。

第三场

【富硒苹果果园】

群众甲： 彭经理，彭经理来收苹果啦！我给你看，今年我这 10 亩富硒苹果整
整挣了八九万元，真得好好谢谢杨董事长啊！

彭经理： 哎呀，要感谢自己去嘛，杨董事长马上就到了。（群众甲：哎！马上就到？
那我得好好谢谢她！）我说老于啊，按理来说你的苹果应该挣得比这个
数多啊，怎么回事啊？

群众甲： 嘿嘿……我啊，知足咧！单果不够大不够重的都留下分给乡亲了，不
敢卖给公司，怕砸了招牌。

彭经理： 看来这杨董事长说得对啊，是到实现农产品精深加工的时候了。哎！
我说老于，单果不够重不够大但不影响品质，这样，我做回主，今后
你们北盖的苹果只要能保证有机天然，公司全部回购。

【众人议论】

群众甲： 哎！你们几个！彭经理要稀罕要个苹果，尽管拿去吃，咱可不占公司
的便宜。

彭经理： 老于，我给你透个底。杨董事长正在琢磨把苹果做成酵素，到时候恐
怕你还得再种上 10 亩地呢。

群众甲： 酵素？酵素是啥我不懂，不过杨董事长决定的事，我们就跟着干！

彭经理： 这就对啦，杨董事长看事准着呢。苹果酵素销售利润可是苹果销售利
润的 10 倍啊。这就是县上说的用工业思维来做农业。

群众甲： 彭经理，你跟我说了这么多就不怕泄露商业机密？杨董事长可就在你
身后！（众人惊呼）

彭经理： 董事长！我这算不算泄露商业机密哪？

杨超群： 算啊！

彭经理： 杨董，这可是你让我说的！

杨超群：是啊，你这个机密啊泄露得好！我们就是要给群众树立信心，不但要帮助他们摘下贫困的帽子，还要走上乡村振兴的路子……

【众人附和】

群众甲：杨董事长，我真不知道该咋感谢你，这样，我也代表北盖村贫困群众做回主，下届啊我们还选你做人大代表！

【众人鼓掌欢笑】

张
花

人物小传

张　花

张花，女，1984年8月生，陕西渭南人，渭南市五届人大代表，陕西盛世绿洲农业科技有限公司总经理、陕西盛世伟州电商扶贫有限公司总经理。

2011年，她从浙江宁波返乡创业，成立陕西盛世绿洲农业科技有限公司。2014至2019年，她带领企业致力于打造"互联网＋一店两平台"的新型农业集团企业，通过建立自主网络营销平台，即采小二家园——采小二社区拼购＋采小二到家家政上门服务+24小时社区智能便利店，成功由传统农业企业转型为互联网新型农业企业，通过更加便利的新途径，服务于更多城乡居民。她发挥企业自身的电商特点优势，将渭南农特产品销往全国各地，带动各农户、村集体公司、合作社、农业企业的扶贫产品销售，为渭南农业发展贡献了应有力量。现如今，"采小二到家"劳务市场顺应社区经济大趋势，受到了地方百姓的高度关注，这种方式既能高效保障社区居民需求，同时也能更好地为城乡技能师傅和剩余劳动力提供创业和就业平台。

担任渭南市五届人大代表以来，她积极参加市、区人大常委会组织的视察、调研工作，针对临渭区旅游发展、农产品深加工产业链建设等方面提出意见和建议，得到相关部门的重视。她积极履职，为群众发声，被聘为陕西省营商环境特约监督员、渭南市税务特约监督员，推动一系列相关民生问题较好解决，连续三年被评为"渭南市优秀人大代表"。

如花绽放

——根据渭南市五届人大代表张花事迹创作

【主要人物】

张　花　女，30余岁，渭南市五届人大代表，陕西盛世绿洲农业科技
　　　　有限公司总经理
陈小军　男，30余岁，社区居民
王美容　女，50余岁，社区居民
丈　夫　男，30余岁，张花的丈夫

【新闻播报：据了解，渭南市天然气储备库项目10月底将具备储气、调峰、气化功能……】

王美容：小军，你快看新闻！正说天然气储气库呢！

陈小军：美容姐，我在网上看见这个新闻了！这个储备库年底就完成整体安装
　　　　工程，要试运行了！新闻说，设计年输气量4.5亿方！

王美容：哎呀！那以后到冬天就再也不缺气了？

陈小军：肯定啊！我给张花代表发微信问了，她说市里建这个天然气储备库，
　　　　就是要彻底解决主城区气荒的问题！

王美容：这可得好好谢谢张花代表！多亏她当初到我们小区来了解情况，还给
　　　　市里提了建议。

陈小军：那你还得赶紧谢谢我呢，那时候，可是我给张代表发的微信！

【微信信息声】

丈　夫：咋？有事？

张　花：一个社区居民给我发的微信，说他们小区今年一入冬就闹气荒呢，现在群众意见很大，我要去看看。

丈　夫：（为难）格格发烧睡着呢，我怕她醒了找不见你要哭。爸妈又不在……

张　花：我最近正在调研市区天然气荒的事，准备向人大建议，现在老百姓找我，我必须去。

丈　夫：哎，成。我给格格穿暖和点，我带着她，开车送你去！

【汽车行驶】

【众人嘈杂】

陈小军：（气愤）从去年冬天就开始了！气荒！

王美容：就是啊！本来以为今年能好点吧，结果呢，还是气荒！政府到底管不管我们老百姓？

张　花：大姐，你别着急，政府怎么会不管大家呢？我是渭南市人大代表，我叫张花，今天就是到咱们小区来调研天然气短缺的问题，大家有什么想说的，都可以告诉我，我会根据大家的意见和实际情况写一个建议，递交给人大的。

王美容：陈小军，代表是你找来的，你先说！

陈小军：好，我先说。这个天然气荒，去年冬天就有了，我也打听了，不光我们小区，渭南中心城区好几个小区都这样。对吧，美容姐？

王美容：可不是吗！一到冬天就气荒，谁不气得慌？天越来越冷了，家里的壁挂炉也用不起来！老人孩子晚上都冻得不行！

陈小军：我是开出租车的，最近加气太难了，有时候排队一小时也加不上，生意都没法做了。

张　花：好，大家说的我都记下来了。其实今天来之前，我也去了解过，之所以气荒，是因为实施了"煤改气"之后，城区天然气的用量明显增大，再加上气源紧张，这才出现了"气荒"。

王美容：那怎么办？也不能让我们就这么硬挺着呀！

张　花：政府明确表示会首先保证居民生活用气。据我了解，天然气公司已经高价购气，尽量满足大家生活需求，但是现在缺口确实比较大，市里也一直在研究解决方案。

陈小军：市上实行"煤改气"我们也理解，治污降霾嘛，但是我们也要吃饭啊。

王美容：就是！

张　花：好的，大家的意见，我记下了。政府一定会彻底解决天然气荒的问题。但是方案出台要经过科学调研和多方论证，这些是需要时间的，这一点也请大家能理解。

陈小军：张代表，我们相信你。

张　花：谢谢大家信任！

【汽车驶离】

丈　夫：怎么样啊？

张　花：跟大家做了一些解释，群众能理解政府的难处。我觉得要想根本解决天然气荒，还是要在主城区建立天然气储备库。回去我马上查资料写建议。格格咋样了？

丈　夫：退烧了，我给她量了一下，36.5℃。她刚才醒了，一直哭着叫妈妈，我哄了半天，现在又睡了。

张　花：要不是爸妈临时出门，你也不用开车带着她，跟着我到处跑了。谢谢啊！辛苦你们了！

丈　夫：一家人说啥谢谢。孩子平时都是爸妈带，幸亏有他们，咱俩才能放心在外头扑腾，偶尔带带孩子也挺好。

张　花：爸爸、妈妈、你和孩子们，就是我最坚强的后盾！

【互联网教学视频，推门声】

丈　夫：几点了，你还不睡？

张　花：两个小的都睡了？

丈　夫：这都几点了，他们早睡了。你都在外头跑一天了，还上网？不累啊？

张　花：我正学习呢。要当好人大代表，就得不断学习，不把政策吃透，咋给老百姓服务？这个"互联网＋"教学片挺好的，咱俩一起看？

丈　夫：你可真是精力旺盛，每天忙东忙西，做生意，做公益，当人大代表，你不累呀？

张　花：做生意是我的兴趣，当人大代表是人民赋予我的责任，一点也不累！我爸妈给我取名叫"张花"，就是希望我像鲜花一样绽放！

丈　夫: 好！你就努力地开花吧，我支持你！

张花，渭南市五届人大代表，渭南市人大常委会监察和司法工委委员、渭南市服务效能监督员、渭南市电子商务协会副会长、渭南市临渭区电子商务协会会长，曾获得"陕西创业类好青年""渭南标杆人物""渭南市临渭区十大杰出青年""渭南市创业明星""临渭区创业明星"等荣誉称号及渭南青年五四奖章。

当选人大代表以来，张花曾提出多个民生相关建议。其中"建立大型加压气库，解决冬季气荒"的建议得到有关部门的重视。

"在人生道路上，选择好自己的行业，发挥自己的潜能，坚持走下去，不忘初心、追赶超越、撸起袖子加油干，实现自己人生价值，为青春书写梦想！"这是张花代表对青年人的寄语，也是期许。

张凤玲

张凤玲

张凤玲，女，1975年2月生，陕西蒲城人，渭南市五届人大代表，高级服装设计师，陕西保罗兰服饰有限公司董事长。先后荣获"陕西省三八红旗手""陕西省'双带'农村致富青年先进个人""陕西服装行业防疫防控先进个人"等荣誉称号。

从2004年10月创办蒲城锦华服装厂，到2010年12月创立陕西保罗兰服饰有限公司，再到2020年2月创办陕西保罗兰医疗科技有限公司，张凤玲一手将保罗兰打造成一家服装产业链企业。企业发展壮大后，为助力蒲城县脱贫攻坚，她研究制订详细工作方案，提出"替政府排忧解难，承担企业社会责任，帮助贫困户致富"的扶贫目标，开展"就业一人，脱贫一户"的就业扶贫思路，采取"企业＋贫困户"的扶贫模式，公司与每户贫困户签订就业脱贫协议书，有意愿的劳动力安排到公司就业，没有劳动能力的进行入股分红，贫困户不承担任何风险。她的企业还先后免费培训农村妇女300人次，安排农民工120人，向县域外推荐就业110人次，培训安置3名残疾人就业。2020 年疫情防控工作中，她捐款捐物价值约 5 万元，保罗兰团队保质保量完成上级下达的调拨任务，完成调拨国标医用防护服、医用口罩达 20 多万件，为打赢疫情防控阻击战做出了贡献。

作为渭南市五届人大代表，她牢记代表职责，积极参加各项视察、检查、调研活动，围绕市、县经济社会发展和群众关切问题提出意见建议，充分发挥了人大代表的应有作用。

十万火急

——根据渭南市五届人大代表张凤玲事迹创作

【主要人物】

张 凤 玲　女，中年，渭南市五届人大代表、陕西保罗兰服饰有限公司
　　　　　董事长

李 主 任　男，中年，蒲城县罕井镇政府干部

张 部 长　男，青年，运营部部长

陈　　总　男，中年

王　　甜　女，青年

杨 经 理　男，青年，生产部经理

渭南市五届人大代表、陕西保罗兰服饰有限公司董事长张凤玲拥有
十多项省市级荣誉称号，其中最让她看重的一项是"渭南市'秦东
巾帼脱贫行动'先进个人"，另一项是"蒲城县'两代表一委员'抗
疫先锋"……

第一场

【罕井镇政府院内，树上有鸟叫声】

李 主 任：张代表，您的入户反馈真是太及时了，我们精准识别贫困户正需要
　　　　　这样鲜活的一手资料，今后您这个人大代表可得继续支持我们的脱

贫攻坚工作啊，哈哈……

张 凤 玲：李主任，这都是我应该做的。这次来罕井镇我发现咱们镇上没有自主产业，贫困户也不少，有些问题，我以前还真没注意到，忽略了一些特殊的群体啊。

李 主 任：这也是我们罕井镇脱贫攻坚需要强化的地方。张代表，您有什么好想法吗？

张 凤 玲：其实啊贫困群众致贫原因多种多样，我觉得我们应该精准识别、分类施策，把扶贫工作抓细抓实。比如，身体有残疾的，我们可以把他们组织起来，给我们服装公司做手工、打扫一下卫生，这样简单的活他们都可以做。

李 主 任：好啊。我们也会安排一些公益岗位。

张 凤 玲：目前服装加工企业对劳动力的依赖性还是很强的，蒲城尤其是罕井镇在家待业的女性非常多，所以我打算给她们提供免费的技能培训，一旦条件成熟既可以向南方劳务输出，也可以承接我们保罗兰服装公司的部分零活儿哪。

李 主 任：哎哟，那太好啦，张代表，你就说需要我们镇里咋配合吧！

张 凤 玲：说配合啊也简单，我们保罗兰决定在罕井镇选 100 户贫困户进行 3 年帮扶，保证每年每户分红 3000 元。

李 主 任：太好啦，这 100 户咋选，有啥条件？

张 凤 玲：要说条件只有一个，那就是真正贫困！

张凤玲说到做到，3 年来给罕井镇贫困户多次分红，安置就业。先后为蒲城全县举办服装技能培训 20 余次、2300 余人，直接带动就业 300 余人，推荐就业 110 余人。

2020 年年初，一场突如其来的疫情，为一座座城市按下了暂停键，"医用口罩""防护服"，成为人们口中热度最高的词语。

第二场

【保罗兰服饰厂区】

杨 经 理：（电话音）张总，你说真的假的，我们要复工复产，还要建 10 万级
　　　　　净化医用口罩厂？

张 凤 玲：杨经理，这事千真万确，现在 100 多名员工都已经通知完毕，你
　　　　　是最后一个！

杨 经 理：（电话音）那现在需要我做什么？

张 凤 玲：我们蒲城，甚至是渭南市都没有一家医用口罩生产厂家，更不要说
　　　　　生产隔离防护服了，现在市上、县上领导找到我们厂，要求克服困
　　　　　难，马上把厂建起来。时间紧迫，任务很重，希望你能说服家人，
　　　　　开具相关证明，第一时间返回厂里。记住，是第一时间，是十万火
　　　　　急。放心，我也会向你和你的家人保证，我们一定做好厂区和设备
　　　　　的全面彻底消毒，做好自身防护，绝不让任何一名员工发生感染。
　　　　　就在刚才，市、县已经把防疫物资生产任务下发……我们必须全力
　　　　　以赴投入这场战役。

杨 经 理：（电话音）好的张总，我一定第一时间返回！

张 凤 玲：（感动）谢谢你杨经理。你抓紧返厂，路上注意安全。

杨 经 理：（电话音）好的，我把家里安排好马上回来。

张 凤 玲：我先安排厂区和设备消毒，让第一批返厂人员做好防护，抓紧备料，
　　　　　等新设备一到我们就立即开工。

杨 经 理：（电话音）张总，这几天我也一直在网上关注这方面的信息，要建厂，
　　　　　咱陕西没有这些设备和原材料，而南方价位很高……这该怎么办？

张 凤 玲：情况紧急，现在疫情不等我们，咱们只有联系外省。这个时候就不
　　　　　要再考虑这些生产成本了！

杨 经 理：（电话音）这——还有一个问题，现在我们只能依靠互联网订货，还
　　　　　必须先打款再付货，这样做有风险。

张 凤 玲：既然风险不可控，就多签几家供货商，10 家、20 家都成，只要一
　　　　　家能按时按需供货，咱们就赢了！上面说共克时艰，杨经理，我相

信我们企业家还是有这个觉悟的。

杨 经 理：（电话音）好吧，那我就选和咱们一样的 AAA 级信用企业联系。

张 凤 玲：杨经理，一切都要抓紧进行。

杨 经 理：（电话音）放心吧！

【脚步声，敲门声】

张 凤 玲：请进！

张 部 长：（气冲冲地）张总！张总！

张 凤 玲：张部长，出啥事了？

张 部 长：你说气人不气人，说好的到货呢，啊？到现在都发不了货，这还不说，还不包安装、不包测试、不包运输！

张 凤 玲：张部长，你先消消气，不管怎么说，设备终于是有着落了，这是好消息啊！我马上向县里汇报，争取把特批通行证拿到手。家里的事张部长多操一下心，你准备一下，只要县里一批准，咱们就直飞厂家，无论如何要在 10 天内把设备运到蒲城！

【飞机音效……】

陈　　总：张总、张部长，实在对不起了，现在口罩机大量缺货，我们已经停下了其他订单全力生产，还是满足不了需要。

张 凤 玲：陈总，无论如何请你帮帮忙，我们预订的设备发货过来，我们可是和市里、县里签下了军令状，保证一个月内建成口罩厂，现在陕西省药监局审批手续已经通过，县里提供了 4000 平方米厂房，要建设 10 万级净化车间、30 万级化验室，我们真是等米下锅啊！

陈　　总：不是我不帮你，现在就没有成品设备，都被人家拉走了，要么你们就自己来拉设备，要么就去告我们啦。再说了一个月建成口罩厂，根本就是天方夜谭嘛。

张 凤 玲：陈总，我们不是凑热闹，也不敢说大话，但口罩厂必须尽快建成，这绝不是我们一家企业的事情。我是人大代表，现在政府需要，防疫需要，我们必须承担起自己的职责。

陈　　总：可是现在的成品机器真的一台也没有了。噢！零件你们要不要？就是要，我们也没有工人帮你们装啦。

张 凤 玲：要，你们没有人，我们就自己组装、调试！

张 部 长：那成功率可不高，我们见都没见过，咋会装啊？

陈　　总：哇！你们张总这么厉害！这样吧，我把机器图纸交给你们，你们先按图自己装，要是遇到什么问题，我抽时间帮你们解决！

张 凤 玲：谢谢陈总！

就这样，在深圳雅诺科技口罩机厂，张凤玲带领团队，冒着巨大的疫情风险，经过20多天的日夜组装调试，终于把设备安全运回蒲城。在省、市、县各级党委政府的大力支持下，经过一个月的艰苦奋战，保罗兰医疗科技有限公司年产7000万件医用防护品系列生产线终于建成。其生产的一次性医用口罩、防护服等产品均以赠送、零差价的形式投放到防疫一线，为蒲城乃至渭南市的疫情防控工作做出了积极贡献……

王　　甜：张总，张总！

张 凤 玲：王甜，咋急三火四的？

王　　甜：咱们的二类医疗器械生产许可证批下来了。

张 部 长：（激动地）太好了，我在深圳口罩机厂没黑没明待了20多天总算没白辛苦。

杨 经 理：张总，我一辈子没这么辛苦过，回想这一个多月的付出，今天终于有了结果，一切都值得。

张 凤 玲：太不容易啦，这几个月辛苦大家了！（众人：张总您更辛苦！）哎！我也有个好消息。（众人：啥好消息啊？）咱们公司被列入省里应对新冠肺炎疫情物资保障组防护品储备企业了，咱们就能安置更多的人就业了。

张雪艳

张雪艳

张雪艳，女，1975年10月生，陕西合阳人，渭南市四届、五届人大代表，合阳县工商联主席兼合阳县政务服务中心主任。

2017年4月至2019年7月，她担任合阳县法制办主任期间，建立健全县政府常务会议学法制度及重大决策事项听证咨询、评估审查和责任追究制度，并在实际工作中，先后审查重大招商合作合同84件次，审查各类规范性文件96件次，累计办理各类法律援助案件260余件，为扎实推进合阳法治政府建设发挥了积极作用。2019年9月，任合阳县政务服务中心主任以来，她坚持深化"互联网＋政务服务"改革，不断健全县、镇、村三级便民服务体系，规范了"县统办、镇承办、村代办"的便民服务模式，深入推进"一网通办"，推行政务服务"好差评"，群众办事满意率不断提高，政务服务中心先后获得"渭南市青年文明号""政务服务工作先进集体"等荣誉称号。2020年4月，任合阳县工商联主席以来，她紧抓纾困惠企工作，积极落实"六稳六保"政策，截至2020年年底，全县73家民营企业帮扶85个村（社区），实施项目156个，惠及贫困群众10855人，2020年12月县工商联被陕西省工商联评为全省会务工作先进单位。

作为渭南市人大代表和渭南市人大常委会委员及渭南市人大常委会法工委委员，她始终深知自己肩负的责任重大。多年来，她注重加强学习，不断提高自身法律业务和人大工作水平，积极履职建言献策，特别是对人大立法工作，全程参与起草、审议、听证等各个环节工作，对每部法规的形成都提出了自己的合理化建议。她还担任渭南市脱贫攻坚监督员，并在各次人代会上认真提出意见建议，先后有20多条建设性意见得到相关部门重视和落实。

温暖·温度

——根据渭南市五届人大代表张雪艳事迹创作

【主要人物】

张雪艳　女，中年，渭南市五届人大代表、合阳县工商联主席

群众甲　男，中年，湿地莲藕种植户

群众乙　女，中年，湿地莲藕种植户

主持人　男，中年

张代表　男，中年，渭南市人大代表

李书记　男，中年，国网渭南供电分公司党委书记

王行长　女，中年，中国人民银行渭南市中心支行行长

村　民　男，青年，沙地莲藕种植带头人

2017 年 7 月 1 日，《渭南市湿地保护条例》正式实施，这也是地方立法权下放后，渭南市颁布出台的第一部实体性法规。作为渭南市人大常委会委员、法制委员会委员、合阳县政府法律顾问，张雪艳深感责任重大……

第一场

【扑棱棱几只鸟儿鸣叫着飞起来。合阳县黄河湾湿地太里段执法检查现场】

群 众 甲：我在这儿种了十几年莲菜了都没人管，咋现在还不让种了呢？

张 雪 艳：这位老乡，我们不是不让你种莲菜，是不让私自建塘、开挖种

　　　　植……

群 众 乙：咋还成了私自建塘，我可是有土地使用证的。

群 众 甲：对啊，我们种树还有林权证。你们一来这些证不算了？

张 雪 艳：都是政府发的证，哪能不算数啊。不过你们手里的土地使用证、林权证还都是湿地保护条例制定前颁发的，现在条例出台了，咱们就得按条例办，得重新确权。

群 众 乙：你说的这些我可不懂，我就这一个理，我相信政府不会让咱老百姓吃亏，不可能让咱群众的利益受损！大家伙说，是不是这个理？

群 众 甲：对，就是这么个理！

工作人员：和他们讲道理讲不通，我看咱们该拆的拆，该罚的罚，反正有条例管着，到哪儿都能说出理去！

张 雪 艳：这不是有理没理的事。咱合阳坊镇太里村有种莲菜的传统，而且以前是根据自己的能力想种多少就种多少，想在哪儿种就在哪儿种。新出台了一部湿地保护条例，大家可能还不知道怎么回事。群众有想法是可以理解的。乡亲们！我们立法是为了保护湿地，是想让大家在知法、懂法、守法的同时，通过种植、养殖过上好日子，更是为了让群众依靠青山绿水富起来。

工作人员：那这片莲池咱就不管了？

张 雪 艳：管还是要管的，但也应该考虑群众对《渭南市湿地保护条例》的理解，对待群众的工作要慢慢来。让立法有温度是我一直坚持的方向，这也是立法应有的精神。

群 众 甲：这才是句话嘛！这位同志，你说我这莲池该咋办？

张 雪 艳：湿地保护区内禁止开展种植、养殖，这是条例的明文规定，谁都不能违反……

群 众 乙：种不成莲菜你跟我说再多也没用！

张 雪 艳：老乡们，我叫张雪艳，请大家相信我，我以前是县里的法制办主任，现在是工商联主席，同时我还是渭南市人大常委会委员、法制委员会委员……

群 众 甲：你说这些头衔有啥用，能拿来给我们当饭吃？

工作人员：你这个老乡咋这么说话？

张雪艳：老乡，我是想告诉你们，只要你们退出湿地保护区，莲田啊照种，收入一点也不会少！

群 众 乙：当真？

张雪艳：当真！如果你们种不了莲菜，或者收入减少，就来找我张雪艳，我负责到底！

群 众 甲：那这话可是你说的啊，到时候可不能不认账。

张雪艳：这话是我说的，你们记上我的电话，有啥问题随时来找我。

从 2016 年开始，张雪艳全程参与《渭南市湿地保护条例》《城市市容和环境卫生条例》《住宅物业管理条例》《仓颉墓与庙保护条例》《建筑工地扬尘污染防治条例》等地方性实体法的制定。让立法有温度，让群众得温暖，成为张雪艳参与立法的不变原则。同时作为工商联主席，张雪艳心系民企，一路为企业发展护航，在人大代表专题询问暨评议测评大会现场，张雪艳就部分中小企业遇到的融资难、融资贵的问题，进行了现场询问。

第二场

【人大代表专题询问暨评议测评大会现场】

主持人：各位代表，我们这次会议的主题是"深化作风建设 优化投资环境"，请各位代表就各自调研的情况进行现场询问。

张雪艳：近年来，因居民小区供电设备主体责任还没有落实，有时候难以区分，导致故障维修费用落实，经常引起小区的停电，影响居民生产和生活。面对这个情况，我想请供电公司来回答这个问题，下一步将采取哪些措施彻底解决这个矛盾呢？

李书记：好，我来回答一下张代表提出的这个问题。针对以上的问题啊，我们国网渭南供电分公司将持续提升供电抢修服务水平。一是在渭南城区设置抢修第二梯队、第三梯队，做到按时到达并且迅速抢修，首先确

保群众及时安全用电，然后再根据相关条例和小区物业明晰相关用电
设备产权；二是继续完善渭北、两塬抢修驻点队伍建设，节省抢修到
达时间，我就回答到这里，好吧。

张雪艳：好，谢谢李书记的回答，就要这样嘛！影响群众用电的事不是小事。

主持人：好，请继续提问。

张雪艳：我想咨询一下王行长，在走访调研小微企业生产发展助力地方经济社
会发展过程中，部分中小企业遇到了融资难、融资贵的问题，还想请
王行长给支支着。

王行长：谢谢张代表的提问。小微企业融资难、融资贵也是我们一直在关注并
致力解决的中小企业难题。我们将利用货币政策工具，撬动更多的资
金向小微企业发展领域倾斜，降低小微企业的融资成本；还有鼓励金
融机构创新开发适合小微企业发展的担保抵押方式等，从根本上解决
融资难、融资贵的问题。

张雪艳：谢谢王行长，希望你的金融政策能给中小企业带来福音。如果王行长
有时间的话，能到企业实地再走一走。

王行长：好的，谢谢张代表的建言献策，我们一周内保证下去调研。

第三场

　　科学的方法，精准的政策，张雪艳终于在合阳坊镇太里村沙地莲藕种
植带头人那里，收到了期盼已久的好消息。

【合阳某莲藕合作社】

村　　民：张主席，今年我又打了几口井，在沙地上用深井泉水养出来的莲菜
一点不比湿地滩涂的差，莲田最下面铺上薄膜，能够保证莲藕池水
分不流失，中间再养上泥鳅，这就是立体式管理。

张雪艳：嗯，这个办法好，这就解决了合阳莲菜种植和湿地保护的矛盾。

村　　民：就是前期费用比较高，不过立体式管理模式对环境依赖小，可以大
面积发展。

张雪艳：嘿呀！不用担心啦！我们已经和银行达成了初步协议，像你这样的小微企业可以在一定期限内免息贷款，信用好还可以循环贷款，过几天银行就会来实地调研。（村民：那可太好了！）哎，对了，前些日子我给你介绍的那两个莲藕把式来了吗？

村　　民：哈哈！来了，那两人一开始死活不相信沙地能挖莲池，跟了半个月，现在跑回去自己干了，还一直嚷嚷着要当面谢谢你，说是你给他们出了一个好主意。张代表，啥好主意，也跟我说说！

张雪艳：我啊只是把立法该有的温度还给了他们！

"温度""温暖"，这两个词语一直是张雪艳心中的关键词，无论是参与立法、提出代表建议，助力民营经济发展、推进政务服务质量，还是开展精准扶贫、合力抗击疫情，张雪艳都始终把温度和温暖留给了群众……

周爱英

人物小传

周爱英

周爱英，女，1975年4月生。陕西大荔人，渭南市五届人大代表，大荔县红枣产业发展中心副主任，高级工程师。先后获渭南市巾帼建功标兵、渭南市有突出贡献拔尖人才、渭南市产业发展标杆、渭南市农业专家服务团特聘专家、陕西省林业先进工作者等荣誉称号。

1999年以来，她一直从事枣树栽培与育种研究和推广工作，在大荔冬枣设施栽培产业升级过程中，她推动的冬枣设施栽培模式、光温调控、肥水管理技术等取得重要进展。2011年，她示范推广的"一年栽植，两年见效"温室冬枣栽植技术，打破了传统栽植观念，取得了良好的示范效果，现已推广到全国温室冬枣栽植技术中。她经常深入田间地头，解决群众生产中的疑难问题，有效挽回群众设施栽培损失100多万元。在长期的技术推广工作中，她始终把理论和技术创新结合起来，在冬枣栽植新技术的研究和推广上，坚持把所学理论及时应用到实践中去，参与编写了《冬枣国家标准》，渭南市《日光温室冬枣促成栽培技术规程》《春暖式大棚冬枣促成栽培技术规程》《冬枣病虫害绿色防控技术规程》三个地方标准的制定。2018年，负责编写的《设施栽培技术规程》，作为陕西省地方标准实施。

作为渭南市五届人大代表，她积极履职尽责，经常进村入户听取群众意见建议。全力关注农业生产科技、农村人居环境整治、增加农民收入等问题，提出了高质量建议。2019年，个人被评为渭南市优秀人大代表。

枣花娘娘

——根据渭南市五届人大代表周爱英事迹创作

【主要人物】

周爱英	女，中年，渭南市五届人大代表、大荔县红枣产业发展中心副主任
崔金锁	男，中年
村干部	男，青年
何支书	男，中年

她不种庄稼，却是庄稼的守护神；她不是农民，却是农民的代言者。她用专业知识帮助群众解决实际问题，她用责任诠释担当使命，她用一份份建议为大荔枣业护航……

第一场

【春，远处有农用车开过去，几声鸟叫声。崔金锁枣园，不时有风刮塑料大棚发出的声响】

崔金锁：（自言自语）唉……老伙计，挖掉你我是真舍不得啊，可是你的树皮都裂了，别说坐果，连花都开不成，这一年让我靠啥吃饭啊？这专家倒是来了一拨又一拨，也没一个准办法。听说这次来了个周爱英，再没办法，我只能把你们都挖了，腾出个地，能种点啥就种点啥吧！

周爱英：（脚步声）老哥，你这是跟枣树说话呢？

崔金锁：（爱搭不理地）咋，和枣树说话犯法？要看风景去沙苑，我这儿烦着呢！

周爱英：这枣树树皮都裂了，是第一年扣棚吧，棚里升温快，又赶上霜冻，风从棚缝钻进来，一冷一热的，不裂皮才怪呢！

崔金锁：哟！我崔金锁种了一辈子枣树了，还不如你懂？专家说了，我这树缺营养，我连上了几遍肥！

周爱英：老哥，听过一句话吗？

崔金锁：啥话？

周爱英：叫虚不受补！我打个比方，人要害了病，胃口不好，这大鱼大肉啊吃不服，要小米稀粥慢慢儿补！这枣树也是一样！

崔金锁：你的意思是说我施肥施错了呗！看你这样也不像个农民，还能比我这个老把式强？

周爱英：还第一次有人说我不像农民。来，老哥，我先帮你把棚顶补一补，还是那句话，棚里升温快，棚顶啊可不敢透风！

崔金锁：你爱折腾就由你，别摔着就好，反正这几十亩枣树也没救了！

周爱英：来，帮我抻一下棚膜！啧，谁说枣树没救了？

崔金锁：你这话啥意思？这树还有救？

周爱英：枣树皮实，就像咱渭北的大荔人，这点寒潮霜冻算个啥呢？

崔金锁：对啊！这点寒潮霜冻算个啥！来，给你棚膜……

周爱英：老哥，你可真有意思，也不问问我是谁，就由着我这么干啊！

崔金锁：（猛然想起来啥）你这么一说还真提醒我了，老李说县里红枣中心有个周爱英，是省上科技厅首席农艺师，没准这枣树还真有救，哈哈哈！快停下！

周爱英：老哥，我就是周爱英。咱们先修复棚顶，剪掉冻了的老枝，留下新枝，然后再给树干涂上营养液，浇足水，等着吧，半个月后保你枣树开花……

崔金锁：你就是周爱英？

周爱英：不像吗？

崔金锁：嗯，像。你说的话在理，可这么干能成吗？

周爱英：能成！不过啊，今年亩产值也就 1 万元……

崔金锁：1 万元？以前才 5000 多元！

周爱英：（自信）崔老哥，经我手的枣园亩产值都是 2 万元。

崔金锁：好，你说咋干就咋干！

周爱英：给枣树扣大棚有讲究，春里透风容易冻伤芽，夏天天热容易晒伤枣……

【村干部匆匆赶来】

村干部：周工啊，你咋来了也不说一声？

周爱英：听说崔老哥的枣树害了病，这不一下班我就赶来了！马上就好啊！……

村干部：你看看，你这个老崔啊，周工可是大专家，就听你这么使唤呀，这粗活让我来。既然周工来了，就留下来吃晚饭，老崔，你告诉我爱人一声，就在我屋里安排！

周爱英：不啦，天马上黑了，我得抓紧赶回县上，还要给领导汇报我的《冬枣国家标准》调研报告哩。

村干部：周工，不是我留你，是 200 多名村民留你啊，我可替你许下了一堂课，听说你来讲枣树大棚技术，大家都往这儿赶呢！

周爱英：哈哈哈！行，那就抓紧垫几口，咱们今儿个农民夜校就开上一期红枣产业培训课！我先打个电话，明早再去给领导汇报。

周爱英常年扎根田间地头，每年在各乡镇技术培训、田间指导 60 场次以上，答疑解惑上百次。她编写的《冬枣绿色无公害生产技术》为大荔县 10 万亩冬枣绿色无公害基地认证工作提供了技术依据。其探索成形的"一年栽植，两年见效"的温室冬枣高效栽植模式，在生产中获得大面积推广。同时，她还全程参与了大荔县人民政府主持制定的《冬枣国家标准》的起草及修改，为标准的制定，提出了多条合理化建议……

第二场

【沙苑下寨镇老枣树园】

商贩甲：蜜枣，蜜枣哎，沙苑蜜枣哎！

商贩乙：百年枣木手串，硬度高，密度大嘞！

周爱英：老乡，这上百年的老枣树就这样砍了，不心疼啊？

商贩乙：心疼个啥，都是些老树，开花坐果都比不上新树，也就是做做手串茶台！给家里带上点？

商贩甲：蜜枣来二斤吧！

周爱英：唉！你们不心疼，我心疼啊！这些老枣树砍了一棵，也可能就是少了一个品种，这些都是历史，都是乡愁啊！

商贩甲：你说的那些乡愁能换吃的还是能换喝的，不买不要耽误我们做生意！

何支书：都嚷啥！做你们的生意去！这位同志，看来你对这老枣树感兴趣？

周爱英：你是？

何支书：我是下寨镇张家村的村支书，姓何，我也觉得这些老枣树该被保护起来，可不知咋办。你来沙苑有啥事啊？

周爱英：咱大荔县栽植红枣有 2000 多年历史了，原来有红枣品种 140 多个，但这两年，沙苑一些枣树老品种毁坏严重，我打算给市、县人大提一个《关于保护大荔沙苑区枣树老品种的建议》，过来看看，不知道行不行得通！

何支书：这是好事啊，只要能做到既保护又创收那就行得通。

周爱英：何支书，我有个想法，在沙苑老枣树林里，树下种黄花菜、种小麦，实现枣粮间作。还可以和旅游结合起来，建个沙苑枣树公园，请游客观赏枣花，那几万亩枣花得多壮观！

何支书：好哇周主任，你这个想法可是太好了。这就是生态游、全域游啊！

周爱英：除此之外，我们还可以请西北农林科技大学的教授根据大荔千年枣树种植历史，弄一个大荔红枣谱系……

何支书：这个好，我回去就联系各村，拿出个想法，欢迎周主任随时来调研！

周爱英：你认识我？

何支书：认识，从你谈到美丽乡愁时我就认出来了，周爱英，"枣花娘娘"嘛！

> 2019 年，周爱英正式在市人代会上提出《关于保护大荔沙苑区枣树老品种的建议》。2020 年 8 月，大荔枣树公园开园，同时沙苑古枣林保护活动正式启动……

【大荔枣树公园开园仪式】

主持人：（话筒音）有请张红林副县长宣布大荔枣树公园开园。

张红林：（话筒音）我宣布，大荔枣树公园开园和沙苑古枣林保护活动启动！【掌声】同志们，保护好这些弥足珍贵的老枣树，是我们这代人义不容辞的责任和担当，我们要精心呵护"绿色遗产"，为建设美丽大荔、推动高质量绿色发展贡献一份力量……（声音渐弱）

何支书：周代表，我们又见面了，沙苑古枣树保护还得感谢你啊！

周爱英：这就是我们代表的责任（电话振动），不好意思，我接个电话！

何支书：你先忙！

周爱英：喂，你好，我是周爱英！

崔金锁：周工程师，我是雨林村的老崔，崔金锁！

周爱英：噢！是崔老哥，怎么了？枣树又有问题了？ 我这就去！

崔金锁：没没没！枣树好着哩，我是告诉你一个好消息，我娃在外地帮我把枣都卖出去了，10 月收枣打款，我算了算，一亩地最高能卖 3 万多元……哈哈哈。

赵英山

赵英山

赵英山，男，1970年6月生，陕西大荔人，陕西省十三届人大代表、渭南市五届人大代表。大荔三河水利工程有限公司总经理、董事长，大荔欣园苗木种植专业合作社法人代表。

他是一位富有爱心、善于回报社会的企业家和人大代表。他结合自身实际，提出"合作社＋基地＋贫困户"的扶贫模式，带动107户贫困户增收脱贫。在脱贫攻坚与乡村振兴衔接工作中，他帮助生活困难群众建造价值5万余元安置住房。他积极投身地方经济建设，近年来先后捐资300多万元，用于乡村公益事业和捐资助学。先后投入100万元为仓溪村修建农民文化活动广场，安装体育健身器材，硬化7条巷道，栽植绿化树木，让家乡的农民过上了惬意美好的生活。新冠肺炎疫情防控期间，他多次为抗疫一线捐款捐物，共计价值约12万余元。大荔县发生汛情，他累计向受灾一线捐款捐物达10万余元。他慷慨解囊，捐资助学，帮助5位大学生完成学业，而且每年拿出5万元资助10名大荔籍的特困生，为贫困学子圆了上学梦。

作为来自基层的农民代表，为农民朋友多做实事，始终是他不能忘却的初心。他及时发现群众生产生活中遇到的困难和问题，撰写高质量的建议意见。多年来，他提出建议28件，其中20件涉及群众身边的热点问题，这些关系民生的"小"事情，都已得到圆满解决，为当地群众解决生产生活中遇到的实际困难，发挥了关键作用，展示了新时代基层人大代表的责任和担当。2016年、2018年个人被评为渭南市优秀人大代表。

为民代言

——根据陕西省十三届人大代表、渭南市
五届人大代表赵英山事迹创作

【主要人物】

赵 英 山　男，中年，陕西省十三届人大代表、渭南市五届人大代表、
　　　　　大荔欣园苗市种植专业合作社法人代表

村 主 任　男，中年

小　　王　男，中青年，种植户

小王妻子　女，中青年

虎　　子　男，少年

2016年，渭南市大荔县韦林镇仓溪村村民赵英山光荣当选为渭南市五届人大代表，次年当选为陕西省十三届人大代表。短短五年，赵英山向省、市两级人大共提出建议60余条……

第一场

【酷夏季节，赵英山等人调研引渭入沙工程】

【众人聊天】

村主任：老赵啊，这天气就像下火，要不今天的调研就到这儿吧，跑了20多次了，情况你也都了解了嘛。

赵英山：老主任，咱们再去仓西抽水站看看，眼看着渭河水哗啦啦流过就是浇
　　　　不到地里，我这心里急啊！

小　王：就是，连着个把月不下雨，再不来水，我们种下的玉米就该绝收了，
　　　　老赵，你帮着想个办法啊！

村主任：唉，天不下雨，你让老赵咋办？总不能一担担挑水给你浇到地里吧！

小　王：早知道这样，还不如跟着老赵干工程。

赵英山：小王，你不能灰心，你和其他乡亲不一样，其他 100 多户可以跟着
　　　　我干苗圃、干工程，或者干脆入股拿红利实现脱贫。你不行，你要有
　　　　示范带动作用，你需要的是致富！

村主任：就是啊，你是种植大户，村里不少人看着你呢！

小　王：主任，引渭入沙干了不少年，咋到咱这儿就闹不成呢？

村主任：这事儿我说不清楚，你问问老赵！

赵英山：把渭河的水引到沙苑来是一项大工程，为的就是解决农田水利灌溉问
　　　　题。现在其他地区都见了成效，省上、市上我提了很多次建议，相信
　　　　近期我们这儿也能解决了。

小　王：近期也不是三两天的事，我这上百亩的地咋办？

赵英山：你放心，我已经通过人大协调了有关部门，今晚 12 点以前保证供水
　　　　三小时，你就等着开泵放水吧。

小　王：这可是解了我们燃眉之急啊！我这就把好消息告诉大家！（电话响，
　　　　接电话）喂，我这儿可有个好消息……（小王妻子：喂！你在哪儿呢！你儿
　　　　子被打了！你快回来吧！）什么？……马上就回去。主任，麻烦你照看
　　　　一下地里，虎子在学校被欺负了，我去一下。

村主任：快去快去，记住可不敢冲动啊！

赵英山：小王！我和你一起去！

第二场

【小王家】

小王妻子：你们看看我娃被打成啥样？……我娃这是惹着谁了啊？

小　　王：虎子，跟爸说，谁打的你，为啥打你啊？

虎　　子：二黑他们打的，向我要钱我没给，他们五六个打我一个。

小王妻子：你这娃也是，上学前妈不是给了你 10 块钱吗，给他们啊！

虎　　子：(倔强) 我爸我妈挣钱不容易，我凭啥给他们啊？

小王妻子：你这娃啊！

小　　王：学校咋说？

小王妻子：能咋说？严肃处理呗，都是未成年的孩子，严肃能严肃到哪儿啊？

赵 英 山：来来来虎子，告诉大伯，你们学校还发生过这样的事吗？

虎　　子：嗯，都是二黑他们，学校处理了几回，过几天还一样，我们班好几个都被他们欺负过。

赵 英 山：学校没监控吗？

小王妻子：(气愤地) 学校只有操场有监控，虎子，妈不是告诉过你吗，有人欺负你就还手嘛！

赵 英 山：不能这么教育孩子啊。都是善良的娃，可不敢教偏了！

小　　王：那我们就这么忍了？这口气我咽不下！

赵 英 山：娃没大事就好，先等一下学校的处理意见。这样，你们也找一些家长一起聊聊，看看这是普遍现象还是个例！

小王妻子：哪个家长敢聊这些，娃们还要上学……

赵 英 山：唉……校园伤害，这是个必须解决的大问题啊！

经过多次实地调研，赵英山向省人代会提出了《关于有效减少校园伤害案件的建议》。此举有效减少了校园欺凌事件的发生。同时赵英山提出的学生联防制度也在校园迅速推广。

第三场

【韦林镇农田，秋收】

小　　王：乡亲们，今年咱们庄稼收成好，要感谢谁啊？

村民甲：感谢赵代表！

村民乙：就是！感谢赵代表！

赵英山：乡亲们，可不要感谢我，感谢引渭入沙工程！这么大的事情，没有省上、市上我赵英山可办不到！（众人笑）

小　王：老哥，能不能和你说件事啊？

赵英山：是不是微电光伏的事儿？人大找过我了，说我带动的两户今年挣了1万多元，我这8万多元算是没白投，今年又帮扶了五户。七户二三十口人，光一个微电光伏就能实现脱贫，这都得益于国家并网的好政策。

小　王：我都听说了，我说的还是娃的事情！

赵英山：（开玩笑）不会虎子又被欺负了吧？

小　王：校园到处是监控，老师一会儿一巡查，哪能还受欺负。我是想找你帮忙给娃转所学校。

赵英山：啊？为啥啊？

小　王：你看朝邑镇的……刘茜茜考上了宝鸡文理学院，还有华县的史雪晨、石雨晨双双考进了西安交大和西安外国语大学，羡慕死人了！

赵英山：小王啊，凭你家的条件可不用我再去帮扶了吧，我资助的那五个家里情况你也都了解，那跟你家可比不了啊，再说有困难不还有特困补助吗？每人每年5000元，也差不多够了！

小　王：不是这件事情，娃上学的钱我早就存够了，就是想找一所好学校，让娃以后也有个出息。

赵英山：这个忙我还真没法帮！只要娃好好学，都会有出息的！

小　王：（失望）那就解决不了了呗！

赵英山：会解决的，省人代会上我们100多名代表联名建议实现教育资源公平配置，你就等着下一次秋收时的好消息吧！

小　王：好嘞！

五年，60余条建议，无论是涉及农业发展还是教育民生，赵英山都能深入调研，实践着为民代言的初心。

219

赵继华

赵继华

赵继华，女，1976年10月生，陕西澄城人，渭南市五届人大代表，澄城县医院副院长、妇产科主任医师。

她20年默默奉献在妇产科临床一线，始终以患者为中心，坚持为每位患者制订个性化诊疗方案，确保她们都能得到有效治疗。作为医务工作者，她不忘医者初心，坚持做人民健康的守护者，她率先开展妇科腹腔镜、宫腔镜手术。开展的腹腔镜下子宫肌瘤剔除、腹腔镜下全子宫切除、单孔腹腔镜手术、宫腔镜子宫内膜电切等手术，填补了全县妇科微创手术项目的多项空白。她带领的妇产科负责全县宫颈癌大病贫困患者的救治康复工作，坚持每月对包联的34户建档立卡贫困户入户走访，了解患者病情动态变化，及时跟进，制订个体化诊疗方案及康复指导，进行心理疏导，及时宣传政策，精准指导用药，助其实现稳定脱贫。2020年新年伊始，面对突如其来的新冠肺炎疫情，她积极递交援鄂请战书，主动要求参加医院的防控一线工作。她积极参与制订疫情防控应急预案，筹备建设县医院疫苗接种点，统筹协调重点人群接种疫苗，有效促进了全院疫情防控工作的顺利开展。

作为渭南市五届人大代表，她在市人代会上，积极建言献策，提出《关于支持澄城烟厂达产增效的建议》《关于开展洛河流域综合治理的建议》《关于解决澄城资源性缺水问题，实施引黄济澄工程的建议》等。作为医疗卫生领域的代表，她倾力关注渭南市医疗卫生事业发展，多次在医疗卫生体制改革、分级诊疗、县域医疗卫生服务体系建设等方面提出建议，当好群众呼声的代言人。

6 号床的故事

——根据渭南市五届人大代表赵继华事迹创作

【主要人物】

赵继华　女，40余岁，渭南市五届人大代表、澄城县医院副院长兼妇
　　　　产科主任医师

二　姐　女，中年，赵继华二姐

何　伟（化名）男，46岁，赵继华丈夫，警察

护士长　女，30岁左右，澄城县医院妇科护士长

王大夫　男，40余岁，澄城县医院妇科临床医生

小护士　女，20岁，澄城县医院妇科护士

魏　华　女，30岁左右，凝血功能障碍患者

澄城县医院妇科代表着澄城县妇科疾病的最高诊疗水平，承担着全县妇女的健康保健重任。赵继华在提高自身技术水平的同时，带动科室整体实力的提高，20多年如一日。在她眼里心中，病人的事都是大事，自己的事都是小事，从未有过丝毫改变和动摇。

第一场

【五年前】

【赵继华家里】

二　姐：（手机里的声音）小华，西安这边医院说，咱爸的肺癌已经转移，身体情况也不允许继续化疗了，你说这可咋办啊？

赵继华：姐，快过年了，让爸回家吧。正月十五是爸的生日，我给大哥和三哥打电话让他们回来，咱兄妹几个一起给爸热热闹闹地过个生日。（沉默了一会儿，鼻音重）可能，也是爸最后一个生日了。

二　姐：好。

【电视里元宵晚会的声音，窗外烟花燃放，厨房炒菜，一家人团聚】

二　姐：（伴着切菜声）自从爸得了病啊，咱家就没这么热闹过了。尤其是你当上妇科主任之后，坐诊、手术、参加学术研讨，对了，我听阿伟说你又当上了市人大代表，还要经常调研？

赵继华：嗯。（高声）何伟，清蒸鲈鱼好了，准备开饭！

何　伟：来啦来啦！很久没吃我媳妇儿做的菜了，（闻）真香！

二　姐：小华是医生，你是警察，两个都是大忙人。（小声问）咱爸的情绪咋样啦？

何　伟：还行，家里热闹，他不能起床也跟着高兴呢。

儿　子：（12岁的儿子递过响铃的手机）妈妈，你的电话。

赵继华：（放下锅铲）喂？

护士长：（急促）赵主任不好了！刚接了个6号床，病人大出血，怎么也止不住，你快过来看一下吧！

赵继华：你先别慌，告诉刘大夫，让他控制好病人的血压，准备血浆，我马上就到。

【医院走廊，急促的脚步声】

赵继华：6号床什么情况？

护士长：（语速快）安里镇的，家里穷，不舍得来医院生孩子，找了个产婆，结果胎儿过大，孩子倒是生下来了，但是大出血，傍晚送过来时已经昏

225

迷，王大夫第一时间给她输血，但血小板一直上不去。

赵继华：嗯，我看了她的检查报告，血小板值极低，应该是凝血功能障碍，非常危险。你先跟她的家属沟通，必要时，准备做子宫切除手术。

第二场

【医生值班室】

王大夫：唉，整整四小时，累死了。赵主任，今晚真是辛苦你了。

赵继华：（疲惫地）没关系，好在有惊无险。

王大夫：好家伙，输了3000毫升血！赵主任，今天你的腹腔镜下全子宫切除手术堪称完美，我真是心服口服。

赵继华：哪里，是你今天的应急处理措施得当，才没有造成严重的后果。王大夫，我在想，咱们科室的健康扶贫工作还得进一步加强啊，最好因人而异，每个贫困户都制订一套个体化诊疗方案，跟进治疗，不能让今天这样的悲剧再发生了。

王大夫：好，我明天就拿出个具体的方案。你一直都在提倡分级诊疗，这对咱们县城的患者，尤其是贫困患者来说，绝对是好事啊。

赵继华：是啊，对因病致贫的家庭来说，我们多做一点，他们就能离脱贫的日子更近一点。

护士长：（推门进来）赵主任，6号床的情况已经基本稳定，要不，您先回家？今天不是老父亲生日吗，我跟王大夫盯着应该没什么问题。

赵继华：唉，算了，已经过了半夜12点，我还是等到天亮再说吧，在这儿啊，我心里踏实。

第三场

【五年后】

五载春去冬来，又到元宵佳节，电脑里还播放着爸爸生日时的视频，家人欢声笑语，却唯独少了赵继华，夜深人静无眠夜，沏一碗热茶，沉浸在回忆中……

【赵继华家里】

【电脑播放爸爸生日时的视频，一家人轮流祝福】

何　伟：怎么？又伤心了？

赵继华：嗯。每到元宵节，我心里就难过。爸爸最后一个生日，全家人都在，除了我。

何　伟：你别太自责，谁能想到生日第二天爸就走了呢？再说，你的工作就是治病救人，爸能理解，家人也都理解。

赵继华：嗯……我没事，你今晚要值班吧？

何　伟：对，今天全局不休，晚上还要夜检。你呢？还是老规矩？

赵继华：是啊，我一会儿要去赵庄头镇里庄村，把钱奶奶接到医院，昨天电话里她说下体有出血，我不放心啊。

何　伟：就是你一直救助的那位80岁的孤寡老人？

赵继华：是的，钱奶奶无儿无女，患了高血压、心脏病，又得了宫颈癌，怪可怜的，晚上我就在医院陪她过节了啊。

何　伟：行。那你注意休息，明天我要是下班早就去我妈家把儿子和女儿都接回来。

赵继华：好嘞。

第四场

【医院走廊护士站】

【由远及近的脚步声】

护士长：魏华！看来我们今天晚上又有口福了。来来来，大家伙儿互相招呼一下，忙完了过来吃汤圆喽。

小护士：（雀跃）太好了！没想到值班的元宵节还能吃上汤圆。护士长……是谁这么好，送来这么多汤圆啊？

护士长：（神秘地）是……6号床。

魏　华：（笑着说）对，我就是6号床。

小护士：6号床？ 6号床住的不是钱奶奶吗？ 这……

护士长：你是新人，不知道以前的事。快去叫赵院长来，我们啊，都是沾了赵院长的光呢。

赵继华：嘿，这么热闹啊，不用叫，我自己听到就来了。

魏　华：赵院长。

赵继华：魏华，大老远的，不让你来，你怎么又过来啦？

魏　华：赵院长，我婆婆说了，只要她还能动，每年元宵节，都要让你们吃上她亲手包的汤圆。

小护士：（低声问）护士长，这是怎么回事啊？

魏　华：哎，五年前要不是赵院长，我早都死了；后来我家男人腰摔伤不能干活，赵院长到处找专家会诊为他做手术；婆婆多年哮喘的老毛病，王大夫帮忙找呼吸科专家也给治好了。县医院妇科的所有人都是我们全家的救命恩人。

赵继华：我们是医生，这些都是我们的本职工作，应该做的。

魏　华：你们是医生，治病救人没错。但要不是赵院长你带着大家伙儿帮我们建大棚种蔬菜，还动员亲朋好友买，到现在我们家还得受穷。光是去年，大棚就收入四五万块钱，我跟婆婆还养了一大群鸡，也卖了不少呢。这日子过得可有奔头了，我婆婆说，赵院长就是活菩萨下凡。

【众人笑】

护士长：魏华啊，赵院长是活菩萨，那我们是什么？（魏华：哎哟……我这个人也不太会说话。）其实呀，还是国家政策好，我们科室负责贫困患者的大病救治，赵院长给每个人都建了诊疗档案，现在6号床的钱奶奶就是一个……

赵继华：呀，钱奶奶！咱别在这儿聊了，护士站留人值班，其他人跟我一起去陪钱奶奶吃汤圆吧。

小护士：好呀好呀，魏华姐带来这么多汤圆，我再拿几份给回不去的几个产妇送去。

做人大代表，为人民发声。赵继华立足本职，多次对渭南市医疗卫生体制改革、分级诊疗、县域医疗卫生服务体系建设以及公共卫生服务等方面提出专业性的意见和建议。2020 年，赵继华被评为渭南市优秀人大代表。

袁 丽

袁 丽

　　袁丽，女，1973 年 7 月生，陕西澄城人，渭南市四届、五届人大代表，高级职业农民，陕西高原之星果业生产农民专业合作社理事长。先后获得"全国农村妇女'双学双比'女能手""全国巾帼脱贫示范"等荣誉称号。

　　2002 年，袁丽组建了澄城县渭北兴农果业协会并担任会长。2006 年，她创办兴隆农贸有限责任公司。2007 年 7 月，协会提升成立了陕西高原之星果业生产农民专业合作社，袁丽担任理事长。她设立合作社服务总部，以村级科技联络员为纽带，建立社员技术档案，开展技术物资配套服务，积极主动向广大农村群众开展农业实用技术、经营管理等培训，引领广大社员科技致富。合作社创办为国家级示范农民专业合作社，合作社注册的"帝比"牌系列水果被全国工商联评为绿色超市推荐精品水果，荣获第 15、第 16 届杨凌农高会后稷奖，青提和红提葡萄分别荣获陕西省果品金奖和优质奖。2021 年，袁丽牵头成立澄城县合心农业农民专业合作社联合社，组织农机服务队，开展土地托管，与种植大户、村集体建立合作关系，为全县粮食安全标准化、规模化、品牌化奠定基础。

担任渭南市人大代表以来，她认真履行代表职责，反映社情民意，经常深入田间地头与果农交谈，为农民群众代言，相继提出农村老龄化、新型职业农民、人才培养等三农相关意见建议，得到有关部门积极回应。

职业农民

——根据渭南市五届人大代表袁丽的事迹创作

【 主要人物 】

袁　丽　女，40余岁，渭南市五届人大代表，陕西高原之星果业生产
　　　　农民专业合作社理事长，职业农民

姚俊艳　女，40余岁，澄城县寺前镇贫困户

老　杨　男，60余岁，澄城县寺前镇贫困户

小　张　男，20余岁，澄城县信用社信贷员

渭南市澄城县寺前镇的袁丽，陕西高原之星果业生产农民专业合作社理
事长，她是一名高级职业农民，也是个名副其实的"爱农人"。她最大的
愿望就是扎根农村，带领乡亲们走上共同富裕的道路。

【田间地头，农用三轮车声】

老　杨：（嘟囔地）不要了，都不要了！！（一筐筐倒东西的声音）

袁　丽：老杨叔，你干啥呢？

老　杨：还能干啥？把这些梨倒沟里呗！

袁　丽：别呀，这么好的梨，咋还扔了呢？

老　杨：好有啥用？客商说了，这四两以下的酥梨没人要，非要卖的话4
　　　　毛钱一斤！一年忙到头，成本都不够。你看树上的梨，谁想要让
　　　　谁摘去！

234

袁　丽：这么好的梨扔了多可惜，这样吧老杨叔，你要信得过我，就找人把树上的果子摘了，和你车上的酥梨一起拉到果库，卖酥梨的事就交给我们合作社！

老　杨：看你说的，你是咱寺前镇土生土长的女子，又是人大代表，我咋能信不过？不过我打听过了，周围都是这个价，收到果库里你能卖给谁？

袁　丽：老杨叔，我们果业合作社，主要任务就是帮咱果农打通从种植到销售的通道。您放心，肯定有办法！

老　杨：（为难）那果库的费用贵吧？袁经理，我也不是想占便宜，就是……

袁　丽：老杨叔你放心找人摘梨，要卖不上好价钱，我不收钱！行不？

老　杨：哎！行行。

【人群嘈杂声】

袁　丽：谁那么大的声，是有人吵架吧？

老　杨：嗯，是，像是……姚俊艳家的。

袁　丽：老杨叔，您先忙着，我过去看看。

【村道有狗叫声、脚步声、不停的敲门声】

小　张：俊艳姐！你开门呀，当初你申请农资贷款的时候，咱啥都说得明明白白的啊！

姚俊艳：（大声地在院里喊）你快走，我不想见你。

小　张：你这人咋不讲道理呀？快开门。（敲打门声）

姚俊艳：我就是不讲道理啊。咋了？

小　张：你——

袁　丽：小伙子，发生了什么事？

小　张：我是镇上信用社的信贷员，俊艳姐的农资贷款到期十几天了，我已经提醒她多次，她就是不理。今天我专门来催她还款，结果她在村口一看见我，拔腿就往家跑，把大门一关，咋叫都不开门。

袁　丽：嗬，这事啊。

小　张：（大声地朝院里喊）俊艳姐，我跟你说，这事儿你躲着也没用！贷款不还上，会影响你个人信用，往后再也别想贷款，你这样子没有诚信，还会影响你孩子前途的。

姚俊艳：（隔门大声地）你逼我也没用！这钱我就是还不上！！要钱没有，要命有一条！

小　张：俊艳姐，你……你这不是耍无赖吗！

【突然拉开门】

姚俊艳：（号哭撒泼）乡亲们都来看啊！信用社的人这样欺负我，是要逼死我们孤儿寡母……老刘，你咋就走了啊！

小　张：你这是干啥吗？

姚俊艳：乡亲们都来看！信用社的人这样欺负我，是要逼死我们孤儿寡母啊……

袁　丽：这样吧小伙子，要不你今天先回去吧。

小　张：大姐，我真的不是逼债的黄世仁，但是姚俊艳这样撒泼耍赖，让我咋办？

袁　丽：哎呀，那咱俩留个电话，你先回去，让姚俊艳也冷静一下。我问问情况，这事一定有办法解决的。

小　张：（叹气）那好吧，我就信你一次。（对姚俊艳说）俊艳姐，个人信用非常重要，你赶快想办法把欠款还上。你记住，我只给你三天时间。

【骑摩托车离去】

姚俊艳：哎呀，这日子过不下去了……我还不如走了啊……

袁　丽：俊艳姐，你别哭了，信用社的同志走了。

姚俊艳：（变了个语气）走了？真走了？

袁　丽：真走了。俊艳姐，人家信用社的人说得没错，这个钱确实要尽快还上，不然会影响你以后贷款和孩子前途的。

姚俊艳：袁经理，我咋能不知道欠债还钱这个道理？我是实在还不上！当初借这笔钱是为了买果树，想着今年有收成了就能还上。谁知道老刘一场急病走了，哪还顾得上果树？你说我这命咋这么苦啊？

袁　丽：唉，你是不容易。但是为了孩子你也得坚强。当初我也难过，可咬牙挺过去，就是好日子呀！

姚俊艳：你是有本事的人，我跟你比不了啊！

袁　丽：咋比不了吗？我1997年下岗的时候才二十几岁。县城住不下去了，只能回农村。那些年，我压过面、做过手工、学做变蛋、卖过化肥农药。大冬天的开着三轮车给周边村子送货。吃的苦你都知道的呀。俊艳姐，现在政府给农村的政策好，咱只要肯学肯干，肯定差不了！

姚俊艳： 我不是怕吃苦，可是一没有本钱，二没有技术，我能咋办？

袁　丽： 你可以加入咱们果业合作社，下午就给你办理互助资金手续，你先把信用社的贷款还上。然后报名参加合作社的技术培训，你放心，有妹子和合作社在，你种的果树一定让你赚钱。

姚俊艳： 这……能行？

袁　丽： 肯定行。好了，快进院子洗把脸，跟我到合作社。一会儿老杨叔要拉酥梨入库的。

姚俊艳： 哎。

接下来，袁丽积极对接电商客户，当年硬是把很多像老杨叔家"没人要"的酥梨卖到了9毛钱。干职业农民这些年来，这样的事袁丽做过很多。

担任人大代表以来，她始终把群众放在心上，认真履职、敢于担当，相继提出了关于"农村老龄化""新型职业农民""人才培养"等"三农"相关建议，得到了政府相关部门积极回应。

截至目前，陕西高原之星果业生产农民专业合作社辐射大荔、蒲城、合阳、澄城四县124镇村，发展绿色果蔬种植示范基地4800亩。先后被评为县、市、省、国家级示范农民专业合作社、农村科普基地，连年获得"先进集体""诚信单位""先进单位"等荣誉称号。合作社注册的"帝比"牌系列水果被全国工商联评为绿色超市推荐精品水果，荣获第15届、第16届杨凌农高会后稷奖，青提和红提葡萄分别荣获陕西省果品金奖和优质奖。

耿建民

耿建民

耿建民，男，1966年2月生，陕西澄城人，陕西省十二届、十三届人大代表，陕西澄城华元实业有限责任公司党委书记、董事长。先后荣获全国五一劳动奖章、陕西省脱贫攻坚奖奉献奖及"全国优秀党务工作者""陕西省劳动模范"等荣誉称号。

作为一名连续从事了23年党务工作的"老兵"，他在企业发展中始终坚持党组织的政治引领和政治核心作用，按照"围绕经营抓党建，抓好党建促发展"的工作思路，实现了非公党建与企业发展同频共振、互促共赢的良好局面。公司党组织先后荣获陕西省五星级非公企业党组织、陕西省先进基层党组织等殊荣。2010年开始，他在企业设立"红管家"团队，由党员包联柜组、品牌，对职工进行点对点帮扶提升，为公司经营管理工作建言献策。2020年春节，疫情来袭，他带领华元人立即行动，保供应、稳物价、惠民生，启动线上平台，在澄城县首创"无接触配送"模式，在居民小区设立便民服务点，带头向医护人员、公安干警等一线抗疫人员捐赠防疫物资，公司被国家发改委纳入全国疫情防控重点保障企业行列。在此过程中，他探索出"社区党建＋星火服务"党建品牌，在社区建成八个华元星火服务站，让党的声音和关怀深入基层，小区的治安管理、环境卫生、邻里关系等明显好转，实现了多方共赢。

作为省人大代表，他时刻牢记代表使命，积极履行代表职责，当好群众代言人，在饮水工程、民营企业发展、公益诉讼、乡村振兴等方面提出建设性意见和建议，促进了相关政策落地实施，充分发挥了人大代表的作用。

澄城樱桃红

——根据陕西省十三届人大代表耿建民事迹创作

【主要人物】

耿建民　男，50余岁，陕西省十三届人大代表，陕西澄城华元实业有限责任公司党委书记、董事长

雷小英　女，20余岁，陕西澄城华元实业有限责任公司员工

刘　康　男，20余岁，陕西澄城华元实业有限责任公司员工

王雷杰　男，30余岁，澄城县韦庄镇伏龙村电子商务服务站"代理村长"

李贞能　男，60余岁，澄城县惠安苑小区居民

【夜晚办公室，嗒嗒的电脑敲字声】

雷小英：这个樱桃快闪活动，我们再顺一遍流程。

刘　康：（打哈欠）小英姐，半夜12点啦，都连干半个多月了，还让不让人活了？

雷小英：这次快闪可是要上西安大平台的，耿总说我们得趁着国庆节打响澄城樱桃的品牌，千万不能出丁点差错！

刘　康：你才到咱们公司不久，耿总是个工作狂，加起班来没完没了。

雷小英：我们年轻，没事的。你没看，耿总也在对面办公室加班呢。

刘　康：我们耿总是谁呀，省人大代表、全国优秀党务工作者，咱能和人家比吗？

【脚步声，三下轻轻的敲门声】

刘　康：耿总好！

雷小英：耿总好。

耿建民：辛苦你们了。快闪活动的方案我看了，不错。

雷小英：谢谢耿总肯定。耿总，你说我们澄城"樱桃第一县"品牌能叫响吗？

耿建民：能，一定能。我们澄城在北纬35度这条"金腰带"上，年均气温12℃，日照时长2600多小时。光照强、土层厚，我们这里产的樱桃再不好，那国内可就再找不到这么好的樱桃了。

刘　康：耿总这么自信啊。

耿建民：哈哈哈，那当然。小英，早点休息，明天一早跟我下趟乡。

雷小英：好嘞。

【早晨，田间鸟叫声，不远处有劳动农民的说话声】

王雷杰：各位朋友，大家上午好。欢迎来到王雷杰的樱桃直播间，大家看一看，地处北纬35度线的澄城樱桃有多么水灵，多么诱人。树上一嘟噜一串串的樱桃都是绿色的有机水果，施的农家肥，不打农药，特点是个头大、色泽鲜亮、口感香甜，我给大家吃一口……哇满嘴甜蜜！想要樱桃的朋友马上点击直播间左下角的链接，我们现摘现发……

雷小英：耿总，您是带我们来伏龙村看直播的？

耿建民：是，这是我们华元公司设在伏龙村电子商务服务站的"代理村长"、直播网红王雷杰。

雷小英：王雷杰挺厉害的，我没来公司前就知道他的粉丝量很大。

耿建民：是啊，我们想要唱响"樱桃第一县"是离不开他的。

王雷杰：耿总，不好意思，让你们久等了。

耿建民：可以啊王雷杰，看你直播真是一种享受。

王雷杰：哈哈哈，耿总，今天直播30分钟，卖出去1000件樱桃，想想我都兴奋。

雷小英：帅哥，为啥只卖樱桃啊？也可以卖澄城苹果呀。

王雷杰：美女姐姐，北纬35度线的澄城苹果是好，可白水、洛川的苹果品牌早在全国消费者中深入人心，咱们再去竞争，没优势啊。现在主打"澄城樱桃"品牌，才更有竞争力。

雷小英：澄城樱桃是好吃，可确定能叫响"樱桃第一县"的品牌吗？

王雷杰：这你就不知道了吧，澄城有10万亩樱桃，是全国最大的优质早熟樱桃基地。产量15万吨，产值9亿元，这么好的基础，再有耿总这几年不断在省人代会上提出的"讲好樱桃品牌故事"建议，我们的樱桃品牌不火都不由人。

耿建民： 还得加上一条理由，那就是王雷杰的抖音直播间。

王雷杰： 哎哟，耿总，我可不敢贪功。这几年，你不但引领大家栽种优质高产樱桃，找农业专家培训，给帮扶村争取扶贫资金，还手把手教我们在抖音、快手上推销，带动了吉安城村 116 户、2760 人脱贫，户均纯收入 1 万多元。你这样的人大代表，乡亲们都很感激你。

耿建民： 既然当了人大代表，就要为群众多办事。

雷小英： 难怪听刘康说，这几年你光乡下就跑了 2000 多公里。

耿建民： 咱是澄城人，这儿的水土把我们养大，咱就得为家乡百姓真心做点事啊，这样心里踏实。小英，咱华元在惠安苑小区新建的星火服务站开张了，你去看看。我和雷杰说点事。

雷小英： 好。再见。

【街头汽车的喇叭声，鞭炮声，热闹的人群】

雷小英： 爷爷，你买这么多菜，我帮您提吧！

李贞能： 闺女，我能行。以前在外面买菜，离得远，老胳膊老腿不方便，现在服务站就在家门口，我出来转转，顺道就把菜买了，办得好啊。

雷小英： 爷爷，服务站除了能买米面油、买菜，功能还有很多，我们会把服务做好，让您更满意的。

李贞能： 哟，你是华元的？耿总来了吗？

雷小英： 您认识他？

李贞能： 我是这个小区的居民，我叫李贞能，想当面感谢他。

雷小英： 耿总帮过您？

李贞能： 闹疫情时，不都隔离了吗，是你们华元公司在小区搭了帐篷，给我们居民送面送菜。当时有个给我扛面的人，年纪不轻了，后来看电视才知道是华元的董事长。好人啊！

【脚步声，敲门声，办公室内】

雷小英： 耿总，我来交作业了。

耿建民： 小英，看来挺有收获嘛。

雷小英：我以为做企业赚钱就好了，为啥还搞党建工作？现在，我明白您的苦心了：一方面，咱星火便民服务站让居民不出社区就可以享受到"五分钟生活便利圈"；另一方面，这些服务点也能把党的声音传递到社区、家庭的每一个人，在关键时刻为党和政府分忧。这么好的办法，难怪咱华元被国家发改委纳入全国疫情防控重点保障企业行列呢。

耿建民：危急时刻，"爱"字当先；大义忠勇，义在先，利在后……民有呼声，我有办法嘛。

刘　康：（敲门）耿总，省农业农村厅对你在省人代会上提出的建议的复函下来了！

耿建民：好哇。

雷小英：我可以先看看吗，耿总？

耿建民：当然可以，你看吧。

雷小英：（轻读）"耿建民代表：您提出的《关于大力支持澄城打造中国樱桃第一县的建议》收悉。现答复如下：……2019 年，安排澄城县果业发展资金 500 万元，2020 年又安排省级果业专项资金 150 万元，用于推进澄城果业产业发展……下一步，我们将按照省委、省政府关于'三农'工作的总体部署，推动澄城打造樱桃强县……"

刘　康：太好了，耿总，您年年提樱桃产业，现在省、市、县扶持的力度越来越大，我们的"樱桃第一县"品牌叫得越来越响啦！

雷小英：耿总，我得好好向你学习，争取早日也能当上人大代表。

刘　康：小英姐，你就是个官迷。

耿建民：人大代表不是官，是职务，是职责。

刘　康：那小英姐为啥还这么想当人大代表？

雷小英：当年耿总自己掏腰包资助了五个孤儿上学，我就是其中的一个。上学时，我还给耿总写过信。大学毕业后，我前来公司应聘，就是想以耿总为榜样，做个知恩感恩、奉献社会、奉献他人的人。

耿建民，陕西省十二、十三届人大代表，陕西澄城华元实业有限责任公司党委书记、董事长。在23年人大代表履职期间，他坚持用党建理论指导企业发展，探索了"社区党建＋星火服务"党建模式，2021年被评为全国优秀党务工作者；作为人大代表，耿建民深入调研积极反馈，在饮水工程、民营企业发展、公益诉讼、红色教育、乡村振兴等各方面，提出合理化意见和建议，促进了各项政策落地实施；在扶贫济困、公益慈善等方面，也为振兴澄城发展贡献了自己的力量。

侯
卫

侯 卫

　　侯卫，男，1969年3月生，陕西华阴人，渭南市五届人大代表，执业药师，渭南市天祥医药连锁有限公司总经理。先后获得"陕西省残疾人工作先进个人""陕西省脱贫攻坚奖奉献奖""第六届渭南市道德模范"等荣誉称号及渭南市五一劳动奖章。

　　20世纪90年代初，他从部队退役后，以从部队磨炼出来的果敢和坚毅，经营起了华阴市城关大药房。他始终坚持"一切为了人民健康"的经营理念，把军队文化、学校文化、感恩文化和家文化等融入企业经营管理和社会活动中，打造出了具有先进企业文化特征的"天祥"特色文化，促进了企业的快速健康发展。他推出多项便民惠民服务项目，在华阴市做到了首家"电话叫药送到，送再少的药不加钱，跑再远的路不加价"；首家实施了会员日会员价的优惠，最大限度让利客户；首家实行24小时售药，极大方便了群众。他积极创建中药材基地，签约贫困户20户，带动贫困人口110多人脱贫致富。2020年抗击疫情期间，企业效益下滑，他积极响应党和政府的号召，安排社会就业劳动力46人，为经济发展和社会稳定做出了积极贡献。他还踊跃参与社会公益事业，五年来累计向社会各界及困难群体捐款捐物109万余元。

担任渭南市五届人大代表以来，他积极参加市人大常委会组织的视察、调研等工作，围绕本职工作履职尽责，先后提交食品药品安全管理、改善农村医疗水平等为核心内容的建议和意见，受到相关部门的重视，充分发挥了代表的职能和作用。

侯卫的六个愿望

——根据渭南市五届人大代表侯卫事迹创作

【 主要人物 】

侯 卫　男，52岁，渭南市五届人大代表、华阴市天祥医药连锁有限
公司总经理

吴孟祥　男，45岁，华阴市西吴村中草药种植户

明 浩　男，30岁，药材公司收购人员

王 亮　男，28岁，华阴市天祥医药连锁有限公司司机

赵 倩　女，21岁，罗敷镇台头村白血病患者

赵 母　女，45岁，赵倩妈妈

村支书　男，50岁，罗敷镇台头村党支部书记

郭红庄　男，42岁，罗敷镇台头村贫困村民

第一场

这是在华阴市西吴村，天祥中草药材种植基地，村民们正在收获丹参。
种植户吴孟祥在田间找到天祥公司总经理侯卫。

【华阴市西吴村，天祥中草药材种植基地】

【机械翻地声，往来运输车辆声，嘈杂的人声】

吴孟祥：（大声）秀玲姨，大家到田里再找找啊，这可是丹参，名贵药材！值钱着呢！

侯　卫：孟祥啊，收得咋样啦？

吴孟祥：侯总，正要找您，您就来咯。大清早的您就扎在地里，还带着太华商
　　　　会几十号人忙到现在，也得歇口气儿不是？

侯　卫：唉，没时间歇了啊，趁着天气好，赶紧装车送到晾晒场去吧。

吴孟祥：不急，再有一车就装完了。哎呀，想想心里就美，来，侯总，您帮我
　　　　算算账，我这 10 亩地的丹参能卖多少钱？

侯　卫：哈哈哈！你个老孟祥啊，小庙担不了大香火，药还没卖呢你就惦记
　　　　着收钱了。你等着，我叫上药材公司的人来给你算，让你心里有底！
　　　　明浩！

明　浩：哎，来了侯总，啥事吗？

侯　卫：你用计算器给老吴算算，他这些丹参能卖多少钱？

明　浩：嗯……按照今年西吴村的丹参成色来看，每亩地能出 500 斤左右，
　　　　去掉成本，去掉耗损，哦，再去掉人工费，按照目前市场价格来算呢，
　　　　一亩地能卖 6000 块，10 亩地啊，6 万块！

吴孟祥：啥？ 6 万块！

侯　卫：咋啊？还嫌少？

吴孟祥：不是不是，我这辈子也没见过 6 万块啦。侯总，我要真有这 6 万块，
　　　　得先请您吃饭，要不是您忙前忙后地找政府，带着我们全村种丹参，
　　　　我这辈子也不敢想这田里还能种出金疙瘩来。

侯　卫：今年啊是咱们第一年试种，经验还不足，往后肯定会越来越好，只要
　　　　人勤快，地里那是有苗不愁长。

吴孟祥：说实话，您刚来弄这个种植基地的时候，我根本就不信你。后来啊，
　　　　做梦也没想到您这么大一企业家也能种地，还一天到晚的，就"长"
　　　　在地里，育苗、施肥、移栽，比我这农民还专业。当初，您咋就想着
　　　　来西吴村这个穷地方种丹参了呢？

侯　卫：嗯……孟祥啊，你会看点平常的小毛病对吧？

吴孟祥：对，平时要是有个头疼脑热的，上山采点草药熬了就能治。

侯　卫：这不就对了吗，咱这西吴村啊，自古以来就出中医，是个村民基本

上都会看点小病，对吧？在西吴村打造中草药种植基地一直就是我的愿望，我就想带着大伙儿干，丹参丰收了，你们的钱包不也就丰收了吗？

吴孟祥： 您这个愿望可真了不起！这一年啊，西吴村所有人都看在眼里，您育了 40 亩的丹参苗，种出了 1000 多亩地，找人培训，指导我们田间管理，有收成了还带人带车来帮忙收，统一运输，统一收购，跟着您干，大家伙儿都能脱贫致富！

王　亮： 侯总，咱该去台头村了。

侯　卫： 好，我得去趟罗敷镇，孟祥啊，装完车你们再仔细检查一遍，每棵丹参都是能卖钱的。

吴孟祥： 好嘞！

第二场

一番交谈过后，司机带着侯卫，抵达了台头村白血病患者赵倩家，赵倩一家人高高兴兴地出门迎接。

【罗敷镇台头村白血病患者赵倩家】

【鞭炮噼啪，家人迎出寒暄】

赵　倩： 侯叔叔好。

赵　母： 侯总，终于把您盼来了，快进屋。

侯　卫：（边走边说）倩倩，恭喜你呀，真争气，一下就考上了村小学的英语老师，叔叔真是没白疼你。

赵　倩： 侯叔叔，其实考试的时候我可紧张了，但一想到你对我的鼓励，我的胆子就变大了。

赵　母： 这孩子，接到教育局的通知就让我给你打电话，我说你侯叔叔太忙，没有时间过来，她说一定要让你亲眼看到她的聘书才行。

侯　卫： 再忙我也得过来，这是倩倩人生中的重大转折，我必须亲眼见证。

赵　母： 要说转折啊，这最大的转折就是你救了她的命！刚知道倩倩得了白血病的时候，我天天就琢磨着怎么寻死啊，又怕我死了她更活不成，也不敢在家哭，自己跑到外面哭够了再回来，一点办法没有啊。后来，村支书带着你来我家说要帮助倩倩治病，我跟做梦似的。

村支书：倩倩妈，那是倩倩跟侯总的缘分。当时，侯总也是偶然在电视上看到倩倩的事情，特意开车来村里找我了解情况，我怕他不信，才带他到家里来看的。

赵　母：支书说的是啊，你啊，就跟天上掉下来的救星一样，送来了20多万块钱，20多万块哪！我跟她爸就是卖了房子再卖这两把老骨头也不够啊。

侯　卫：哎！老嫂子您可不能这么说啊！当时我自己也出不起那么多钱，刚好赶上供应商年会，这几家大公司的代表们都在那儿，我就找了个机会跟他们讲倩倩的事情，这才募集来了这么多捐款啊。

村支书：别光聊天，侯总快喝茶。

赵　母：对对，喝茶。算算都已经五年了，倩倩从一开始的三天一透析，到后来每月一透析，现在啊，每年去一次医院就行，基本上已经是个正常人了。

侯　卫：是吗？多好啊！我还等着倩倩以后嫁人、生娃的好日子呢！倩倩啊，等你成家的时候，叔一定送你一份大礼。

赵　倩：（害羞）哎呀侯叔叔！

赵　母：哈哈，倩倩结婚的时候，侯总啊，您一定得端坐高堂，我让倩倩亲手给你奉茶，像对待亲生父母一样待你这位大恩人！

郭红庄：（高声）哟！要给恩人敬茶啊，那也得算我一份儿！

侯　卫：郭红庄？你咋也来了？

村支书：早上我遇见他了，听说侯总今天要来，掉头就回家了，嘿！原来是在这儿等着见你嘞。

郭红庄：倩倩妈刚才说侯总是倩倩的恩人，他也是我郭红庄的恩人哪！前几年我的大棚被风掀翻了，菜都毁了，媳妇当时又病重，是侯总三番五次来家里了解情况，对我又是鼓励又是开导，还出钱让我卖菜。现在我每天都能挣100多块钱呢，这娃上学不愁了，他妈在天上也能闭眼咯。

村支书：是啊，现在这郭红庄不但脱了贫，每天的生活可有劲头了。

郭红庄：倩倩妈，我从自家菜园挖了些菜，这些都是我亲手种的，无公害，中午就麻烦你露一手，咱们为倩倩好好庆祝一下。

众　人：好！

第三场

此时，司机王亮在目睹这番场景之后，心中不由得产生一些疑问。

【返城路上，车里】

王　亮：侯总，我能问您个问题吗？

侯　卫：可以啊，你说。

王　亮：听说您在刚经营第一家小药店时就有六个愿望，我想知道是啥。

侯　卫：嘿……开30家连锁药店，完成了；建一家平价医院，建成了；建大型医药仓储中心和中药材种植基地，实现了；用企业所得回报社会做慈善，我啊，还在做着呢。

王　亮：还有一个呢？

侯　卫：出门就见华山的华阴市，山好、水好、空气好，我的第六个愿望，就是在华阴建一座养老院，让孤寡老人都老有所依。

王　亮：那您每年捐出去这么多钱，就不心疼？

侯　卫：这心疼啥？帮助别人快乐自己，企业也好个人也罢，挣再多钱，最终都是要流向社会的，只要能让群众满意的事情，就放手去干！这也是我对天祥医药每一名员工的基本要求，你可得给我记好了呀。

王　亮：侯总，我一定不忘！

帮助别人，快乐自己，这是多么真诚且无私的信念啊，像侯卫这样有能力、有担当、有良心的企业家还有很多，相信以后会有更多像侯卫这样的企业家，脱贫致富指日可待！

黄秀娟

黄秀娟

黄秀娟，女，1967年4月生，安徽淮北人，渭南市五届人大代表，渭南市临渭区老年公寓院长，渭南市临渭区东秀星托老中心院长，东秀星健康养老产业有限公司董事长。先后获得全国最美志愿者、陕西省道德模范、陕西省十大孝子和陕西省巾帼建功标兵等荣誉称号。

2005年，她在渭南成立首家专门针对孤寡、贫困、三无等困难老人的托养机构，托养百余名流浪乞讨人员，给48位流浪人员办理了户口，让这些特殊的人有了属于自己的"合法身份"。她积极探索机构养老发展，创造的亲情管理模式经验在《渭南日报》发表，被陕西省社科院和陕西省老龄办评为科技成果一等奖，被国家民政部等八部委联评为一等奖。她用孝心感恩老人，用善心回馈社会，先后组织抗震救灾照护小分队，代表陕西省前赴汶川、玉树、雅安、九寨沟、珙县和跨国尼泊尔执行灾区伤员照护任务，深得好评。她积极参与到脱贫攻坚战中，为贫困、残疾建档立卡人提供多个就业岗位，主动帮助他们推销农副产品。2020

年，疫情期间，她四处筹集防疫物资，为一线防疫人员捐款、捐物，奉献了自己的爱心。

作为渭南市五届人大代表，她时刻牢记人大代表的职责和使命，认真对待并积极参与每一次履职的会议和活动，先后就城市交通、扶贫脱贫、慈善事业、创建文明城市等方面建言献策，多方奔走了解养老民情，先后提出十多项渭南养老发展建议，被相关部门采纳，切实发挥了人大代表的作用。

守护夕阳

——根据渭南市五届人大代表黄秀娟事迹创作

【主要人物】

黄秀娟　女，52岁，渭南市五届人大代表、东秀星健康养老产业有限
　　　　公司董事长、临渭区老年公寓院长

张东风　男，50余岁，黄秀娟丈夫，临渭区老年公寓党支部书记

星　星　女，30余岁，黄秀娟女儿，东秀星健康养老有限公司党支部
　　　　书记，临渭区老年公寓办公室主任

刘凤臣　女，80余岁，临渭区老年公寓入住老人

马书记　男，30余岁，富平县齐村镇桥西村第一书记

【电视里播放疫情新闻】

黄秀娟：东风，把回家的票退了吧。

张东风：为啥？不都跟家里老人说好了，今年春节回安徽过年呢吗？

黄秀娟：唉！疫情越来越严重，还是响应号召，就地过年吧。再说，养老院这
　　　　么多老人，我实在不放心，留下来还能为抗疫做点事。

张东风：行，我听你的，不过两位老人那里，你可得好好安抚一下。

黄秀娟：嗯，等疫情过去了，我们再接他们来渭南，看看咱们银龄金街的建设，
　　　　我再哄哄他们，肯定就高兴了！

张东风：好，那我去退票。

【写字声】

黄秀娟："我作为渭南市人大代表，也是中国长照的一员，已经做好准备……"

星　星：妈，养老院院舍封闭管理的通知已经发了，特殊时期，老人和家属都很理解。你这是写啥呢？

黄秀娟：请战书！我想去武汉支援。

星　星：不行！你没看见新闻吗？那边疫情现在很严重啊！

黄秀娟：就是疫情严重，我才要写这个申请。我每天关注新闻，全国各地的医护工作者、志愿者都在支援武汉。我是人大代表，又有20多年的养老经验，肯定能为抗疫做贡献的！

星　星：妈，你自己身体也不好，养老院这边又有很多事需要你做决定，要去武汉也应该是我去！

黄秀娟：请战书我都写好了，这就交给中华慈善总会长期照护专业委员会！

星　星：行，我也写！要去咱们一起去。

刘凤臣：秀娟啊，你要去哪儿？

黄秀娟：刘妈妈，你咋来了？我呀哪儿也不去，就留在养老院，跟你们一块儿过年！

刘凤臣：（高兴）真的？！太好了。哦，对了，我呀差点忘了正事儿，我听新闻说，现在武汉的疫情很严重？我老了，也帮不上什么忙，这100块钱，你帮我捐了！

星　星：奶奶，这不是您孙子给您的零花钱吗？

刘凤臣：哎，我都这么大年纪了，这些年住在老年公寓，被你们照顾得好好的，要钱有啥用啊，还不如花到有需要的地方去，你们说对吧？

黄秀娟：（哽咽）刘妈，你咋这么好呢！

刘凤臣：哎哟，秀娟，你怎么还这么爱哭，星星看着呢！

星　星：刘奶奶，我妈呀，就是爱哭，我小时候就知道了。

刘凤臣：你妈虽然爱掉眼泪，但是能扛事！是个干大事的女子！

黄秀娟：刘妈，您就会夸我！

刘凤臣：行了，你们忙着吧，我要回去听戏晒太阳了！

【拐杖、脚步声远去】

黄秀娟：哎，星星，以前有人问我：'养老这一行不好做，你咋能坚持20多年呢？'其实你看，根本都不用坚持，我呀是乐在其中啊。

星　星：是啊，爷爷奶奶们都很可爱。

黄秀娟：现在这院舍虽然是封闭管理了，但咱还是得让老人们吃好喝好，心情愉快！这样吧，下午我们采购去！

张东风：秀娟，你看买点鸭子给老人们补补，咋样？

黄秀娟：鸭子？哪儿来的鸭子？

【刹车声、鸭子叫声】

马书记：黄院长！你们来啦？太感谢你们了！

黄秀娟：马书记，我看到你的朋友圈了，具体啥情况啊？鸭子怎么还滞销了？

马书记：来，咱们边走边说。我们村的贫困户王银龙，养了 1600 只鸭子，本来都联系好了外地客商，这两天要来拉鸭子。结果闹疫情，人家来不了了，附近的商贩也消化不了这么多鸭子。王银龙急得不行，他等着钱给娃开学交生活费呢！

黄秀娟：1600 只，那可不少！

马书记：是啊！他身体有残疾，家庭困难，今年是头一年搞养殖，这下打击不小。

【手机拍照】

黄秀娟：马书记，多的我帮不了，给我 200 只鸭子吧！然后，我也发朋友圈、微信群，咱们齐心协力，卖鸭子！

马书记：这已经帮了大忙了！太感谢了！

黄秀娟：感谢啥呀，我是人大代表，助力脱贫也是我的职责！

马书记：好好好！我这就叫人给你们抓鸭子去！

【鸭子叫声，汽车行驶声】

张东风：星星说你写的请战书没被批准？

黄秀娟：嗯，中国长照的负责人说我们虽然有照护经验，但是没有防护经验。唉，那我就不去给人添乱了。

张东风：其实留在渭南也能做很多工作。

黄秀娟：对，捐款捐物、慰问一线人员、照顾好养老院的老人们，都是我们能做的！等疫情好转，市里肯定就要落实适老化改造工作，这是我自己提的建议，我要参与！

黄秀娟，女，安徽省淮北市人，渭南市五届人大代表。东秀星健康养老产业有限公司董事长，临渭区老年公寓院长，从事养老服务业22年，任劳任怨、兢兢业业地为她的养老事业奉献着，先后创办了临渭区老年公寓、渭南首家针对困难孤残贫困的托老中心等机构，为千余名老人实施亲情服务，使几十名孤寡老人安度晚年，为百余名老人进行临终关怀。当选市人大代表以来，就政府自身建设、城市交通、扶贫脱贫、民营养老事业、慈善事业、文明城市创建等热点问题建言献策，她用孝心照顾每一位老人，用行动回馈社会，用初心履行代表职责。

雷媛媛

雷媛媛

雷媛媛，女，1969年11月生，陕西合阳人，陕西省十三届人大代表，合阳县雨阳富硒农产品专业合作社理事长、陕西雨阳农业开发有限公司总经理。先后荣获"科普中国·最美乡村科技致富带头人标兵""陕西省巾帼创业先锋""渭南市优秀人大代表""第二届渭南市优秀中国特色社会主义事业建设者"等称号。

2006年，国家颁布《中华人民共和国农民专业合作社法》，从事农资经营又善于学习的她，萌发了创办富硒农产品专业合作社的想法。2008年6月，"合阳县雨阳富硒农产品专业合作社"正式挂牌成立，开发富硒产业，生产富硒农产品，带领农民增收致富，是她引领合作社奋斗的目标。目前她引领的合作社有成员498户，注册资金860万元，已建成富硒小米种植基地6000亩，同时带动周边农户780户以上，解决周边农村闲散劳动力1000余人，亩增效益提高了30%以上，有力地推动了当地经济和产业发展，受到广大成员户与当地政府的赞誉。

2012 年 7 月，在现有产业基础上，她又积极延伸产业链，建成年产 2500 吨小米锅巴生产线一条，企业进入快速发展的新阶段。她积极投身扶贫攻坚事业，打造"好家米"富硒小米绿色品牌，以种植富硒谷子产业带动贫困户实现增收脱贫。她主动奉献爱心，参与公益事业，在疫情防控等方面积极捐款捐物 10 余万元。

作为省十三届人大代表，她认真履行代表职责，经常深入农村进行调研，广泛宣传党的惠农政策，提出的精准扶贫、农民增收等方面建议被采纳，发挥了人大代表应有的作用。

风雨暖阳

——根据陕西省十三届人大代表雷媛媛事迹创作

【主要人物】

雷 媛 媛　女，中年，陕西省十三届人大代表、合阳县雨阳富硒农产品
　　　　　专业合作社理事长

记　　者　男，青年

司机小王　男，青年

村 主 任　男，中年

村 民 甲　男，青年

村 民 乙　女，老年

第一场

（汽车行驶在途中）雷媛媛是陕西省人大代表，又是渭南市合阳县雨阳富硒农产品专业合作社理事长兼陕西雨阳农业开发有限公司总经理。她是如何为食者谋健康、为耕者谋利益，带动农民实现致富梦愿景的呢？带着这样的问题，我们来到了雨阳合作社，见到了正准备下乡的雷媛媛。

【汽车鸣笛声】

记　　者：雷总！

雷 媛 媛：哎哟，大记者，（记者：您这是干吗去呀？我们还想再来采访您呢。）怎么来也不告诉我一声，我这正打算去金峪镇和大伙交流交流我外出培训的事儿呢……

记　者：雷总，那正好，我们也有去金峪采访的打算！一起去，不打扰您吧？

雷媛媛：没关系！欢迎，欢迎！坐我车吧，正好路上也能聊聊。

记　者：行，好好好。雷总，您先上！（雷媛媛：哎！好好！）

【车内广播里响起《在希望的田野上》轻音乐】

记　者：（二人上车，车行驶中）雷总，您常去金峪镇？

雷媛媛：常去，常去，你们可能都听说过金峪的苹果、小麦、花椒、核桃、棉花、烤烟、西瓜，（记者：对啊。）你还不知道吧，金峪的谷子也美得很！

记　者：嗯？谷子？这些年很少见到种谷子的了。金峪镇种谷子，我还是第一次听说呢。

雷媛媛：不止这个，我想把金峪的小米加工成锅巴，那收益能翻好几倍！

记　者：噢，是吗？那以前我咋没听说过金峪的小米？

雷媛媛：唉，路不好走嘛！

记　者：这合阳周边有高速又有国道，咋不好走？

司机小王：记者老师，这你就不知道了，金峪镇紧靠西禹高速，离菏宝高速也不远……

记　者：噢！那不是便利得很吗？

司机小王：哈哈，那是现在！2014年以前啊，金峪、百良、张家村三个乡镇10万户农民可没那个福气，上西禹高速必须经过20公里县道，是坡陡沟又多，出车祸是常有的事儿，农产品外运想都甭想。以前我们就知道金峪谷子质量好，可有啥办法呢，我们的员工在去的途中也翻过车，谁还敢去啊？要不是雷总，咱们的谷子烂在地里也变不了钱！

记　者：哦，这里还有雷总的故事？

司机小王：当然有啊！

雷媛媛：哪有小王说的那么夸张，我就是尽了一个人大代表的责任……

司机小王：哎！我给你讲啊记者老师，有一次下着大雨……

【闪入，陕西西禹高速公路有限公司，滚雷，大雨天，开门声】

张 经 理：雷代表，请进。这么大的雨，你咋又来了？

雷媛媛：张经理，还是那事，你得想办法帮帮咱们合阳的农民啊。

张 经 理：雷经理，你都跑十几趟了，按说我们高速集团应该尽快解决，毕竟这四年集团连年都收到你给省人大的建议，可这西禹高速已经在合阳县设了一个出口，再开一个出口，规划上说不过去啊！

雷媛媛：我知道给你们添麻烦了，可9-10月雨大，又正是农忙。你说，眼看着10万多农户进城的路就这么断了，谷子堆在地里运不出去，我心里难受啊！张经理，你再给咱乡亲们想想办法吧，我也再向省人大提提建议！行不行？

张 经 理：（叹息声）雷代表，你一个女同志，为这事接二连三地跑，真是不容易啊。也就是你吧，我才给出个主意，正在建设的菏宝高速，也经过合阳，你们可以争取开一个口子……

【闪回】

记 者：啊？事情就这么解决了？

雷媛媛：是呀，现在合阳县在西禹高速、菏宝高速都有接入口，农民一下子就方便起来了！

司机小王：这不，我们雷总还在金峪镇增设了谷子种植基地呢，并制定了"雨阳333产业帮扶"措施。到了金峪镇哪你就知道了！

记 者：啊，这333产业帮扶我了解一些，"三贴补"就是谷种贴补，平均每亩贴补10元；肥料贴补，配方肥与生物菌肥平均每亩贴补50元；硒肥贴补，平均每亩贴补120元。加起来每亩贴补180元呢。还有"三提升""三服务"……

司机小王：（自豪）可不是吗，咱雨阳6000多亩的富硒谷子种植基地带动了三镇九村320户贫困群众，人均年增收近5000元，累计分红129.5万元呢！

记 者：（羡慕）哇这可不少啊！

雷媛媛：还不是党和政府的政策好啊，我们只要抓好落实就行了！今年省政府工作报告提出，要实施农产品加工提升行动，推进农村一二三产业融合。回来后我就想啊，以后咱们合作社要在脱贫攻坚与乡村振兴衔接的过程中，建基地、强带动、创品牌，得不断开拓市场，带动更多的农民增收致富……

司机小王：记者老师，前面就是金峪镇了，我呀，建议你和村民们好好聊聊！

第二场

【金峪镇某村，农村各种音效】

村 主 任：哎呀！我说嘛这一大早喜鹊就喳喳叫，原来是雷总这个贵客来了！

雷媛媛：（开玩笑）听这意思，你这个大主任是嫌我来得少啊！（村主任：不不不不！）人大组织外出培训，这不一回来就到金峪来了，来！给你们介绍一下，这位是来采风的刘记者！

村 主 任：哟，记者老师！你好！我刚才说错话了，雷总可是我们的常客，一个月有半个月的时间都扎在这里。咱金峪能接入菏宝高速也有雷总的功劳！小王，你说是不是？

司机小王：记者老师，我咋说的，村民们一见面啊准夸我们雷总！

雷媛媛：（开玩笑）就你小王话多！

村 主 任：都是大实话！（司机小王：就是！）雷总啊，这次外出培训有啥收获，给咱说说！

雷媛媛：还真有收获，咱们边走边说！

【路上，村民纷纷和雷媛媛打招呼……】

村 民 甲：雷总好！

雷媛媛：小张好，家里老人还好吧？

村 民 甲：好着呢，老人啊天天盼着你来。

雷媛媛：告诉老人家，我一会儿去看她。下次来的时候啊，我再给咱们敬老院带一批换季的被褥！

村 民 乙：雷总好！

雷媛媛：哎！老姐姐，你也好，没事多去广场跳跳舞，别总闲在家里打牌，（村民乙：行！）回头啊，我再给大伙弄个能移动的音响……

村 民 乙：哎呀！你给的音响挺好的，不用换啦。

村 民 甲：那大喇叭可好听了，咣咣地响啊！弄得我们这心跟着怦怦地跳啊！

村 民 乙：就你会说！

记　　者：雷总，这么多村民你都认识啊？（雷媛媛：嗯！都认识！）

村 主 任：要不我咋说雷总是常客呢，哎！不不不，应该说就是咱金峪的人！

（众人起哄）对啦，雷总，你还没说这次外出培训有啥收获呢？

雷 媛 媛：这次外出培训，人大请了几个专家，都是行业顶尖的人啊，从生产到营销都给了不少指导。一个小姑娘都能把口红在全国做技术分发，咱咋就不能呢！去年咱合作社又新建了一条 2500 吨小米锅巴生产线，咱得好好改改思路，怎么把"好家米"富硒小米和"贵丝贝"小米锅巴销往全国……

村 主 任：这不，我们村"两委"，还有附近几个村的能人都在村部等着呢，想听听什么是一二三产业融合发展，高深的道理我们怕弄不明白啊！

雷 媛 媛：你想啊，我们种谷子就是一产，把它加工成小米锅巴、富硒小米就是二产，再扁平包装、上市销售就是三产，从源头到市场就是一二三产业融合……

村 主 任：就这么简单？

雷 媛 媛：我说得简单，可把这个产业链做起来不容易，要申请专利，还要做原产地保护等，少了哪样都不成！所以啊，靠我不成，还要靠咱三镇九村每一位村民……

村 主 任：是啊雷总，雨阳富硒农产品合作社，陕西省"百强示范社"，可是干出来的，有你在，我们放心！（众人起哄）

村 民 甲：老姐姐，你的心还得继续跳啊！

村 民 乙：跳！跳得好着呢！

那一天，人大代表雷媛媛和金峪镇的乡亲们拉家常，说了很多很多关于带领乡亲们如何发展绿色小米种植，延展深加工产业链，并用好各种平台帮农民把优质小米产品推广销售的具体设想。暮色降临，雷媛媛和乡亲们依依道别时，我已深深地感觉到，雷媛媛的名字，就如雨阳合作社的名字一样，早已成为金峪人民群众心里风雨后的暖阳……

樊荣

樊 荣

　　樊荣，女，1978 年 5 月生，陕西富平人，渭南市五届人大代表，蒲城县城南第一小学党支部书记、校长。

　　她勤政务实，开拓创新，立足县域义务教育发展实际以及广大群众对优质教育的期盼，大胆探索，强化改革，奏响了蒲城县城南第一小学开幕曲的最强音。在城南第一小学建校初就提出了"为学生的终身发展奠基，为教师的幸福成长铺路"的办学理念和"德润一小，爱铸未来""五育并举，德育优先"等符合生态规则的育人理念；倡导生态教育，创办了蒲城县第一所少年党校，积极传承红色基因；创设"生态课堂五步法"，促进课堂改革；组织编写《尔雅》《德学》等校本教材十余本；修建农耕园学生劳动教育基地，成立并主持家长学校，搭建家校育人桥梁。在她的带领下，学校获得多项荣誉，办学成绩突出，得到了社会各界的广泛赞誉。她作为陕西省优秀教学能手、陕西省优秀教学能手工作站站长、樊荣"名校长＋"发展共同体挂牌校长，善于发挥自身教育教学优势，积极示范引领，先后培养省、市、县教学能手及骨干教师 30 余名，辐射带动共同体成员校携手提升，促进了城乡教育优质均衡发展。

担任渭南市五届人大代表以来，她按时出席各次人代会，积极参与市、县人大常委会组织的视察、调研工作。她关注民生热点、反映群众呼声，就开展研学活动、关爱留守儿童等方面，多方走访调研，提出多条建议及可行方案，连续两年所提建议被市县人大常委会作为重点建议办理，2020 年个人被评为“渭南市优秀人大代表”。

校长"妈妈"

——根据渭南市五届人大代表樊荣事迹创作

【 主要人物 】

樊　荣　女，40 余岁，渭南市五届人大代表，蒲城县城南第一小学党
　　　　支部书记、校长
林老师　女，20 余岁，城南一小老师
李小岗　男，11 岁，城南一小六年级学生
张瑶瑶　女，11 岁，城南一小六年级学生
李爷爷　男，60 余岁，李小岗爷爷

【办公室里，外面传来校园里孩子们吵闹的声音】

樊　荣：啥？李小岗要退出少年党校宣讲团？

林老师：对呀，这娃各项条件都符合我们少年学校宣讲团的要求，我都把他的
　　　　名字报上了，结果他今天来上学，突然跟我说，不参加了。

樊　荣：李小岗我知道，这孩子学习认真，人也热心，每次参加少年党校活动
　　　　都很积极，上回组织大家看红色电影《建党伟业》，他还写了很长一
　　　　篇观后感交给我，说要向先辈学习。我不相信这样的孩子会突然改主
　　　　意，你是班主任，问了他为啥没？

林老师：问了呀，娃就不开口。樊校长，我说破了嘴皮子，他也不听。这可
　　　　咋办？

樊　荣：咱蒲城城南一小从 2019 年开展少年党校以来，从来没有让一个孩子
　　　　掉队。走，上班里看看去。

张瑶瑶：（气喘吁吁地跑进来）林老师、樊校长，李小岗他跑了！

林老师：跑了？

樊　荣：张瑶瑶，怎么回事？

张瑶瑶：刚才课间的时候，李小岗还在给低龄段的同学整理国旗知识。

林老师：对，是我让他整理的，我们少年党校根据不同年级有不同的校本教材，樊校长给低龄段同学的任务就是认识祖国和国旗。

樊　荣：瑶瑶，接着说。

张瑶瑶：几个男同学说风凉话，把李小岗给说急了，眼看要打起来了，后来，李小岗就拿着书包跑出去了。

林老师：跑哪儿去了？

张瑶瑶：不知道，上节课他没回来，教室、厕所、操场我们都找过了，都没有。

樊　荣：那几个男生说了啥，把李小岗急成这样？

张瑶瑶：好像是说他爱表现装积极，跟他爸一样，没好下场！

林老师：这都说的啥啊！这帮孩子！（叹息声）

樊　荣：先去把娃找回来要紧，林老师，我们上李小岗家一趟。

【紧张音乐起】

【敲门开门声，屋里有陕西秦腔背景音】

林老师：你好，这是李小岗家吗？

李爷爷：你是？

林老师：我是李小岗的班主任林老师，这位是我们城南一小的樊校长。

李爷爷：哎哟，我家小岗在学校闯祸了？

樊　荣：不是，不是，李小岗在学校表现得很优秀。您是他爷爷吧？

李爷爷：是是。

林老师：我们想和小岗的爸爸妈妈交流一下，他们还没下班？

李爷爷：（叹气）唉，我真想他们能下班回来，一家人热热闹闹的，多好啊……

林老师：怎么，他们不方便？

李爷爷：（哽咽）我儿子啊，几年前下井去救被沼气熏倒的同事，结果自己也被熏成了植物人，整天躺在那里没有知觉了……为了医药费、生活费，儿媳只好去西安打工，小岗就和我生活在一起。唉，好在娃特别懂事，自己学好，还会照顾我这老头子……老师啊，你们一定要多帮帮他。

林老师： 您放心，我们一定会的。

【音乐起，马路上的音效】

樊　荣： 李小岗不在家，我们还得再找找呀。

林老师： 六年级的男孩子，应该没太大问题吧？

樊　荣： 当了老师，就得有把学生当自己孩子的心。每个孩子都有自己的天性，在每个阶段也有不同的问题，我们得发自内心尊重和帮助他们，孩子才会一辈子受益。

林老师： 还是您想得周到，咱们少年党校开办以来，得到了家长、学生的认可和关注。外地学校也都来交流学习，这也对我们少年党校活动的开展提出了更高的要求。

樊　荣： （笑）林老师，你才刚开始当班主任，会遇到很多挑战的，但是保持着爱孩子的初心，你就一定能行。

林老师： 校长，你看，你办公室门口站着的不就是李小岗吗！

【办公室里，倒茶的声音】

樊　荣： 小岗，你刚跑哪里去了？看把老师们着急的……

李小岗： 我刚躲到操场……

樊　荣： 为什么？

李小岗： 因为，他们说我爸！（痛苦）我爸明明是做好事……

樊　荣： 你爸爸是一位值得所有人尊重和学习的榜样。

李小岗： 校长，我太生气了，但我没有和他们打架，我只是忍不住跑出去。在路上，我想起上次看《建党伟业》，您说党的光辉旗帜带领一个苦难深重的民族走出了黑暗，如今我们能安心坐在教室里，沐浴在灿烂的阳光下，是特别应该珍惜的。所以，我想了想，就又回来了……

樊　荣： 你是个好孩子，我看得见。但为什么你要退出少年党校宣讲团啊？

李小岗： 我听林老师说，接下来少年党校要请党员家长进校园、进课堂。

樊　荣： 对呀，我提出这个设想，是觉得教育好一个学生，就能影响一个家庭，带动整个社会。

李小岗： 我爸妈只是普通人，也不能来，我就没资格进宣讲团……我不敢和林老师说。

樊　荣：傻孩子，我们都是普通人，但也应该努力发自己的光。小岗，你介不介意我来替你妈妈上家长课堂？

李小岗：像我妈妈那样？那太好了！

【课堂的音效】

樊　荣：同学们，欢迎来到今天的少年党校家长课堂。今天，我代表李小岗同学的家长，以真实的经历来给大家上一堂关于见义勇为、无私奉献的党课，希望大家好好听，认真想，我们究竟应该做怎样的人，如何跟党走，才能真正点亮理想的灯，照亮前行的路……

樊荣，渭南市五届人大代表，蒲城县城南第一小学党支部书记、校长。作为渭南教育界的人大代表，樊荣立足岗位，积极就"研学活动"、关爱留守儿童等方面提出多条建议及可行方案，对于推动政府工作起到了良好的效果。2019年，她率先在城南一小成立的少年党校，目前有党员讲师22人，学员200余名，做到了高举队旗跟党走。少年党校学员作为红色教育的种子，在城南第一小学这片沃土中生根发芽、茁壮成长。他们必定会带动身边更多的同学学党史，知党情，坚定永远跟党走的理想信念，让"爱国情，强国志"入心入脑，心无旁骛，笃定"报国行"。

薛
娜

薛　娜

薛娜，女，1990年3月生，陕西韩城人，渭南市五届人大代表，韩城严记和农业科技发展有限公司经理，先后荣获"韩城市青年岗位能手""韩城市花椒产业领军人物"等荣誉称号。

花椒是韩城当地有名的经济作物。但薛娜看到，花椒产品在市场销售中，因为单一性，受市场影响，价格不稳定，农民收入得不到保障。要突破这个瓶颈，就必须由简单的花椒销售，升级为花椒的深加工。大学毕业后，她毅然放弃优越的工作，深深扎根农村进行创业。经过认真调研市场，研制产品，于2014年8月创办韩城市严记和食品调味有限公司。她始终坚持从当地山区采购无公害的花椒原料，严把加工、包装、检验、出厂每一个环节，公司产品销售稳定，零事故运营，成为韩城市花椒加工行业一颗冉冉升起的新星。花椒系列调味品如今已销往云南、四川、河北等13个省市，年收入达到1500万元。多年来，她始终明确企业的发展方向，不断增强做好农业规范化、科学化管理的信心与决心，为青年人创业群体当好了示范带头作用，为农民增收搭建了平台。她帮扶济困助脱贫，为村级幸福院建设出资 8 万元，以同等质量高于市场价格 2～3 元收购贫困户花椒，使同村两户贫困户每年增收 1200 元。

担任渭南市五届人大代表以来，她认真履行代表职责，坚持深入基层开展调研，敢于围绕解决群众生产生活困难等问题发声建议，先后提出加强镇域基础设施建设等多项建议，推动所在乡村发展和建设取得显著变化，充分发挥了人大代表的职能作用。

"花椒仙子" 变形记

——根据渭南市五届人大代表薛娜事迹创作

【主要人物】

薛　　娜	女，32岁，渭南市五届人大代表、韩城严记和农业科技发展有限公司经理
火锅店老板	男，30余岁
顾　　客	男，40余岁
薛娜助理	男，20余岁
群　众　甲	男，60余岁
群　众　乙	女，40余岁
公交司机	男，30余岁

放弃了优越的工作，薛娜从一名新闻记者变成了普通农民，为的是实现韩城群众祖祖辈辈的花椒梦。

第一场

【薛娜家】

薛　娜：爸、妈，我打算辞去电视台的工作了。

婆　婆：啊？你这孩子，抽的哪股风啊，好好的记者饭碗你不要了？

公　公：辞职？辞了工作你怎么生活呢？

284

薛　娜：爸、妈，你们别急，咱韩城是著名的花椒产区，我打算辞了职去种花椒！

婆　婆：那就更不行了，你公爹种了一辈子花椒，吃的苦你还不知道，也没富了日子！

薛　娜：就是因为这个我才要去种花椒的呀，让咱韩城的农民都能过上富日子。

公　公：薛娜，你婆婆说得在理，种花椒糊弄肚子还成，想致富难啊！

薛　娜：爸，咱韩城花椒品质好，你是知道的，就是因为没有深加工才卖不上价，我考虑很久了，打算就在这儿破题，办一家调味品企业。

婆　婆：娜娜，那你男人咋说？

薛　娜：他呀，支持着呢！这不一早就去老院子了，打算找工人收拾出来建厂房！

公　公：既然你们小两口商量好了，我们也就不说啥了，老伴儿，咱们也给孩子伸把手，把卡上的钱都取出来买砖、拉料。

薛　娜：谢谢爸。

婆　婆：哎！娜娜，你可得想好了，辞了工作可没退路了！

薛　娜：妈，我想好了，谢谢您二老的支持。

第二场

【火锅店内】

顾　　客：老板，不够意思啊，出了新锅底也不推荐一下！

火锅店老板：王哥，哪有的事，你可是老主顾，有了好货能不向你推荐？我这还是老汤老料老滋味嘛！

顾　　客：你看看那桌，人家锅里可是青山绿水的，一闻喷香！

火锅店老板：我看看，哎，还真是！

顾　　客：我就说嘛，咋还学会跟哥藏私了！看来我得换一家餐馆喽！

火锅店老板：别啊，王哥，咋回事？我真不知道啊！

薛　娜：先生，您就别为难老板了，我这锅底自己加了点料！

店　　员：哎，你咋跑进来的？

薛　　娜：我吃饭花钱，我咋不能进来？

店　　员：老板，我想起来了，这女的一早都来了好几次，说是推销花椒，我就没理会。

火锅店老板：吃饭花钱我们欢迎，可自己加料，不合规矩啊！

薛　　娜：老板，对不起，我也是没办法，我是韩城严记和食品调味有限公司的薛娜，我们公司最近专门为火锅研发了"五月鲜"保鲜青花椒，颗颗都是 5 月未完全成熟的韩城大红袍，看您店里生意红火，本来想送点样品呢，可您这门难进啊！

火锅店老板：保鲜花椒？就是看起来青山绿水的这个？

薛　　娜：对，就是这个，我们韩城的保鲜花椒，增香提味，色泽嘛，你也都看到了。

顾　　客：那能不能给我的锅底也加点料啊？

薛　　娜：老板说私自加料不合规矩呀！

顾　　客：消费者就是上帝，我都是上帝了，要求加点料他还敢拦着？

薛　　娜：老板，那您看……

老　　板：听上帝的！

薛　　娜：好，那我现在就给这位大哥加点料！

顾　　客：要加就多加点，大不了我单出钱！

薛　　娜：这不是钱不钱的问题，咱们这"五月鲜"滋味足，加这些就正好！

顾　　客：（喝了一口汤）香、麻，过瘾过瘾！

众　　人：老板，我们也要加料！

火锅店老板：薛女士是吧？这样，你们的"五月鲜"我要了，以后三天送一次货，不过价钱可得商量商量，你能做主吗？要不要和你们经理谈？

薛　　娜：我就是经理！

老　　板：那好，那好，你们还有啥产品都拿来看看！

薛　　娜：这是我们生产的系列调味品，您看这个，孜然花椒粉、原味花椒粉，这是加盐的，这是加芝麻的……

顾　　客：这么多？薛女士我看你不是经理，你是变戏法的，不是，你是"花椒仙子"！

薛　　娜：别说，我们韩城还真有人管我叫"花椒仙子"。

火锅店老板：薛经理，啥也不说了，调料你留下，火锅店能用的我自己用，其他的我帮你在圈里推！

薛　　娜：那可太感谢了！我们公司和韩城几十户农户都签了约，上游的花椒基地就有1200亩，货源充足，质量您尽管放心。

打造诚信品牌，带领百姓致富，让薛娜有了"花椒仙子"的称号。而这一次因为一个人大建议她又成为群众眼中的"公交仙子"。

第三场

【公交车内，人声嘈杂】

薛娜助理：薛总，你要去郭家庄我可以开车送你啊，这绕来绕去的，还这么多人，何苦呢？

群　众　甲：小伙子你可知足吧，通郭家庄的车可不是每天都有，赶上就算不错了……

群　众　乙：就是，不光是郭家庄，吕庄、东西赵两个乡镇八个村子，22公里的路就这一辆车，还跑一趟，得歇三天……

薛　　娜：八个村子，那可是上万人口啊！所以啊，我已经建议公交车改线。

群　众　甲：你这个女娃咋说大话呢，你说公交改线就改线了，你是市长？

群　众　乙：我认识她，她是薛娜，有名的"花椒仙子"，你们都知道我是个贫困户，她收我家的花椒每斤比市场价高2～3块。我们6户，年年就多收入1200多块。她还争着把企业确定为镇级脱贫攻坚结对帮扶企业！

群　众　甲：她就是薛娜啊，我听说村里建幸福院缺钱，人家一下子拿出8万元。公交改线这事，她没准还真能给办成！

薛娜助理：那是，我们薛总可是渭南市人大代表，韩城市人大常委会的委员。

群　众　甲：那你可得为人民代言，为群众办事！

群　众　乙：话是这么说，线路都承包出去了，改线怕是人家不同意啊！

薛　娜：车主的工作我来做！请大家放心！

群 众 甲：好，那我们可等着你的好消息了！等车通了，薛代表可得再坐坐我们的公交车！

薛　娜：好嘞！

第四场

【郭家庄站点】

群 众 甲：来了，来了，公交车来了，这没过多长时间，薛代表还真把咱老百姓的事给办成了！

群 众 乙：可不，我看咱这个薛代表以后就不叫"花椒仙子"了，明明是"公交仙子"嘛！来，上车，没准咱还能碰到薛代表！

【上车】

薛　娜：大叔，咱们又见面了！

群 众 甲：还真是薛代表，你是咋说服司机师傅的呀？

公交司机：薛代表就告诉我一句话：'从清水下道到芝川上路，虽然绕了一段路，但可以方便一万多群众呢。'

群 众 甲：看不出来，你觉悟蛮高的嘛！那以前你咋不绕这段路？

公交司机：薛代表还说了一句话，她已经向市人大建议把乔子玄到韩城的公路彻底打通修好。

群 众 乙：太好了，我说的嘛，还是咱薛代表这句话起了作用！

薛　娜：好了，大家都坐好吧，咱们向着前方出发！

【一路笑声】

霍新颖

霍新颖

霍新颖，男，1977年5月生，陕西大荔人，陕西省十三届人大代表、渭南市五届人大代表，大荔县羌白镇白村党支部书记兼村委会主任、大荔县羌白远信果业专业合作社理事长、陕西省水务集团新颖现代农业股份有限公司总经理。

2013年年初，一个偶然的机会，他看到其他省市施设农业建设较为超前，果断带上所有积蓄回到家乡大荔创业。先后数十次走出去、引进来，到全国各地考察学习先进的设施农业建设，同年8月成立大荔新颖现代农业园区。他主导发展智慧农业进入4.0时代，利用物联网实现农业全程自动化控制，节约了大量人力、劳力成本，催生诸多新产业、新业态、新模式新型农业，将农业园区打造成一个全产业链综合性园区。以"新颖领鲜"品牌为重要支撑，带动周边地区不断进行产业结构调整，为巩固脱贫攻坚、实现乡村振兴和共同富裕奠定了坚实基础。他依托园区创新落实"技术托管＋入园经营＋入园务工＋劳力分红＋土地保障"的"5+"产业帮扶措施，带领100

余户群众发展高效设施农业，带领56户贫困户脱贫致富，并提供260个就业岗位。他大力发展村集体经济，重视村级民生事业建设，经多方筹资，推动白村小学成功创建渭南市标准化小学。

担任省市人大代表以来，他积极参加省、市人大常委会举办的培训学习、座谈调研活动，深入田间地头了解群众实际生产生活情况，提出的加快道路改建、基层干部减负、优化农村营商环境等建议引起有关部门重视，得到认可和采纳。2017年个人被评为"渭南市优秀人大代表"。

我建议，我践行

——根据陕西省十三届人大代表、渭南市五届人大代表霍新颖事迹创作

【主要人物】

霍新颖　男，中年，陕西省十三届人大代表、渭南市五届人大代表、大荔县羌白镇白村党支部书记、新颖现代农业股份有限公司总经理

王保全　男，老年，白村村民

保全妻　女，中老年，白村村民

小　李　男，青年，白村村干部、新颖现代农业园区员工

霍新颖：我建议尽快实施G242官池至华阴罗敷段一级公路改建工程（会场掌声）；

我建议把农业保障资金纳入政府财政预算（会场掌声）；

我建议支持大荔建设国家级智能化农机产业园（会场掌声）……

他2016年当选渭南市五届人大代表、2018年当选陕西省十三届人大代表，霍新颖一路履行职责，一路为人民代言……

第一场

【农户家门口。六畜兴旺，鸟语花香】

霍新颖：保全哥，保全哥！

王保全：（吱嘎——开门）哎！呀！霍支书啊？

霍新颖：保全哥！

保全妻：快进屋！

霍新颖：哎，嫂子。

保全妻：霍支书，你这个大忙人一趟趟往我家跑，不嫌烦呀？

王保全：女人闭嘴！不说话没人把你当哑巴。

霍新颖：哎呀，麻烦啥啊，保全哥身体不好，我来看看他不是应该的吗？

王保全：前几天这条腿有点不舒服，现在好啦！

霍新颖：哎呀，保全哥啊，没病就好，有病可得抓紧治，合作医疗报销如费用不够，我代表新颖园区班子表个态，所有费用都不用你操心。

保全妻：哎呀！

王保全：话是这么说啊，可我们也不能啥事都靠你吧。（保全妻：是啊！）你说这个园区已经给了土地流转费，还替我们交了养老保险，这么好的日子知足了。（保全妻：我们可知足啦！）你说是这个理吧老伴啊？

保全妻：是。霍支书，你是个大好人。（王保全：哎！好人）对，白村的家家户户哪个没少沾你的光，老吴家冬枣大棚一年就收了5万多块，要没你，他哪敢想啊。（王保全：就是嘛！）还有这修桥铺路，架电办小学，有你这样的村支书啊，哎呀，我们可知足了！

王保全：我们这六户啊，老的老残的残，你给我们每家建了光伏电，这不到一年吧，也收入了1万多元，啊，放心吧，家里情况比以前好多了。

保全妻：嘿，你说的这都是小事……

王保全：那啥是大事啊？

保全妻：这盖大棚种冬枣嘛。（王保全：哎，对！）老吴家一年收入5万多块，全村580户，那得是多少钱啊？（王保全：哎呀，可不少哇。）

霍新颖：哎呀，说着说着，你们老两口咋夸起我来了？要没别的事，我还要多走几家转转看看呢。

王保全：（欲言又止）哎，霍支书……

保全妻：有话就说呀，这霍支书又不是外人。

霍新颖：是啊，有话就说，咱都是爽快人。

王保全：啊……我呢没啥大毛病，就是前一阵子老感觉肚子不舒服，我就去医院。（霍新颖：哦，大夫咋说的啊？）你听着啊，CT、核……（保全妻：核磁查了一圈，化验单你看也开了一大堆……）哦对！

霍新颖：（着急）查出啥毛病没有？

王保全：哎呀，就是胃肠感冒。合作医疗报销完了也没花几个钱儿，可我就总觉得这钱花得冤枉。（保全妻：心里不舒服……）就是，那能舒服嘛？

霍新颖：这是去的哪家医院呢？

王保全：是县上新开的医院，广告上说服务可好啦，就去了。（保全妻：他就信啦！）你等着啊，我把医院名字写病历上了……

霍新颖：保全哥，我知道你说的是哪家医院。我今天就是为这事来的。前阵子，我表弟也找我反映了这家医院的问题。他患的是普通的皮肤病，结果让医院拉着做了一大堆没必要的检查。（王保全：你看看我就说有问题吧。）最后你猜怎么着，还住了院，花了好多钱。这一个多月，我已经收集了周围村里七八个在这家医院看病住院的乡党的投诉。市上的人代会马上就要开了，我准备找几个人大代表联名提交建议，会上我会再呼吁呼吁，（王保全：对！）争取早日让上面重视起来，（王保全：太好啦！）得真正解决农民群众的看病就医问题。

王保全：要不说霍支书是好人呢！

保全妻：是啊！霍支书是个大好人！

霍新颖：哎！应该的！

在省市人代会召开期间，霍新颖就打击医疗系统骗保行为、基层干部减负、提高医保大病报销比例、不断优化农村营商环境等方面提出了多条建议……

第二场

【村委会】

小　李: 霍支书，一会儿得辛苦您抽空拍个照片，然后咱把这张报表填了。您瞧，这张表的空白格得拿尺子比着，从左下角画到右上角才能过关！

霍新颖: 这不是胡闹吗？小李，中共中央早就下发了《关于解决形式主义突出问题为基层减负的通知》，省上也印发了"十条措施"，到现在了，你的工作咋还这么干啊？

小　李:（辩解）我——支书，这文件是文件，我们基层不就得把工作做细做实吗，事事把报表填好，这样上面来查了，我们好过关嘛。

霍新颖: 你啊你啊，小小年纪你从哪儿学来的这一套。小李，我们是村干部，走哪儿干啥、帮了谁，群众都看得见，你每天把这些照片发朋友圈，群众嘴上不说，心里咋想咱？小李，有这时间还不如推进一下新颖园区三期的建设，多想着咋样能为农业提高点附加值。哦！还有啊，咱农业园区没必要的那些微信群该解散就解散，该合并就合并。

小　李: 啊？这合适吗？

霍新颖: 就按我说的做。我们工作不是为了摆花架子，做表面文章。中共中央提出为基层减负，就是为了让我们干部有更多的时间和精力抓落实。

小　李: 哦，那我知道了。霍支书，明天就是五一节了，您早点回去吧。

霍新颖: 今年地温回暖早，（小李：啊？为啥啊？）明天你跟我去冬枣大棚走走，咱大荔冬枣可代表着国家标准啊……

小　李: 哎呀，我明天还打算去华山转转呢。

霍新颖: 以后有机会再去。明早8点咱们村东头见。

小　李: 呃，好！

作为渭南市大荔县一名土生土长的农民企业家，霍新颖实干为先，把带领群众过上好日子当作工作的唯一目标；作为人大代表，霍新颖把为群众代言作为价值所在。我建议，我践行，这就是渭北汉子霍新颖的不懈追求……